後來

廖玉蕙——著
蔡全茂——圖

母親雖然再也沒有後來了，
我卻在後來的每一天想起她的過去，
謹以此書獻給我最親愛的媽媽。

後來

（代序）

後來呢？孩子們總喜歡在聽故事時不時發出既著急又興奮的提問。童話故事裡，「後來」總是有著甜蜜的期待：被王子深情擁吻的公主終於醒來，和王子展開快快樂樂的未來；使壞的惡人嚐到惡果，歷盡艱險的好人於是得到美好的後來……。啊！多麼美好的後來！童話中，「後來」常常連結著希望和春光，人們因之充滿力量地朝著後來奮進。然而，人生畢竟不是童話，後來常常不盡美好，甚至經常伴隨著無奈和悵惘。從四年前的大年初三起，母親沒有了後來；我沮喪傷痛之餘，開始致力為母親留下「過去」，以走出自己幾乎再也沒有力氣承擔的「後來」。

後來呢？後來我循著記憶的鐵軌逆行回歸和母親共處的時光。儘管童年時光鞭影幢幢、少年時期扞格不斷、壯年階段時相齟齬，到了中年，事情意外有了翻轉；利用文字密密尋春的我，慢慢找到打開母親心事的密碼，母女開始握手言和，溫言笑談。豈知愛恨交織的母女關係才日臻和諧，母親的身體卻一路長驅直下，直達沒有了後來。啊！原以為來日方長哪，誰知世事如此難料。

後來呢？後來的生活不堪聞問。止痛療傷遠比想像的還要艱難許多，我和母親一輩子的綢繆，本來就釐清不易。許多的事，無人可問；很多的疑問，仍舊是謎。大部分和母親同年代的人俱已化為塵土，長年想著如何取悅母親的我，遺憾未能及早多聽聽母親說話，老急著用甜蜜的語言討她歡心；等到領略取悅的捷徑就是傾聽時，母親已經開始掌握緘默權。錄音筆裡錄下的言語，氣如游絲，像是隨時會因風斷線。午後時分，我按下按鍵，母親的聲音在台北公寓中藕斷絲連的流動。或被戶外施工的噪音鋪蓋，或被雨遮上強大的雨水聲淹沒，我反覆播放，默默流下淚來。一生好強的母親，橫潑勇毅，天下事似乎沒有難得倒她的。然而，終究鬥不過天，她淋漓盡致過活，用盡力氣求生，終歸還是只留下這幾句幽邃、疲軟的聲音。

打從童稚時期，我便側身眾多兄姊間，以愚蠢的啼哭引發母親對我的注目，爭取她對我的愛；上大學時，我設法用優異的成績讓母親開心；出嫁後，我戰戰兢兢博取公婆的歡心，間接讓母親覺得驕傲；其後，我開始寫作，每一篇作品，無論寫的是甚麼樣的內容，都是我對母親的示愛，希冀滿足她對兒女成龍、成鳳的期待。儘管一路坑坑疤疤，飽含淚水、充滿辛酸，可也同時盈溢飽滿的情意和讓人安定的溫暖。後來，母親謝世了，我猶然日日反省不周到的事親之道，爭寵的念頭依然如昔。

後來呢？後來我才弄清楚，我這一生的努力，原來都是為了母親，我一直渴望成為母親最為鍾愛的女兒！即使母親已然去了遠方。

後來呢？……母親已經沒有後來……

輯一 在暗夜中狂奔

輯二　不能說的祕密

輯三

以為來日方長

輯　一

在暗夜中狂奔

一夜、兩夜、三夜……每夜，我都恍惚記得前夢，企盼自己跑得比前一夜更快，拎在手中的雨衣，越來越重，越拖越長，而媽媽終究還是走遠了！在夢裡，也在現實人生中。

在暗夜中狂奔

徐州路台大急診室外的坡道兩旁，霓虹燈閃閃爍爍！不知是為聖誕節的熱鬧而刻意裝點的？抑或為紓解病患的抑鬱感受而貼心地佈置？我將輪椅推向細細碎碎的霓虹燈圍繞著的杜鵑花圃，近處是一片純白的燈光，遠處紅綠黃藍夾雜，更顯繽紛。可是，從昏睡中悠悠醒轉的母親說：「還是純白的素雅好看些！」

為了各式各樣的理由，自去年六月起，母親頻頻出入急診室。起始是午睡起來步履癲狂、自覺中風；接著是胃動脈出血，午飯後大量吐血；再下來是心跳每分鐘高達一百餘下；接著吃藥後昏睡終日，氣息幾無……，每一回的奔赴，都夾帶魂飛魄散的張惶。

這回，或許是因為藥品劑量過重所導致的昏沉，在醫院的急救下，她暫時恢復了清醒。急診室裡，空氣污濁、人聲鼎沸，剛從李伯大夢中醒轉，母親六神尚未歸位，惶惑的眼神中盡是驚疑。我讓辛苦一整天的越傭回家休息，夫妻二人陪侍在側。為了逃離吵雜，我請外子在病床前靜候醫院隨時的召喚，我則用輪椅推著母親出外，圍繞著急診室前的停車場停停走走，呼吸新鮮空氣。

夜涼如水，空氣裡彷彿充滿飽滿的水氣，有一點欲雨前的凝窒。停車場旁的霓紅燈，頑皮地朝我們眨著眼睛，五顏六色，在夜裡爭先恐後。母親指著徐州路稍前方盤繞一株大樹扶搖直上的蛇行霓虹燈，氣息微弱地不知說些甚麼。我停下腳步、低下頭問她，她卻又沉默不語了！是告訴我那裡的燈更高、更壯闊麼？我忽然憶起聖誕時節，前方更遠處的徐州、杭州路口的市長官邸，欄杆上，觸目盡是彩色霓虹，也許暗夜裡的繽紛繁華會讓大夢方醒的母親為之精神大振吧？而我不是曾屢次承諾帶她去那兒喝杯香醇的咖啡麼？那麼，還等甚麼呢？我蹲下身子，幫母親戴上她手裡拎著的圓形帽，將她的背心拉上拉鍊，告訴她：

「走！終於醒來了！咱來去喝一杯咖啡慶祝！」

母親不置可否，任憑擺佈。一時興起的我，雖然對迎面夾帶水氣的涼風萌生一絲短暫的疑慮，卻又很快被衝動的意念說服：

「擇期不如撞日！除了霓虹燈外，或許還可以看見官邸旁空地上高聳的粉色羊蹄甲，愛花的媽媽一定會很開心的。」

於是，懷抱滿腔熱情，我忘了急診病人不能離開病房的規定，推著母親在暗夜的台北緩步穿越。

市長官邸比想像的還要遠上許多，尚未到達第一個十字路口時，天空忽然飄下似有若無的雨絲，我抹抹頰上的水，不相信是雨，繼續走；尚未到達第二個路口時，街燈映照下的雨絲已呈現亂舞的姿態。

「快到了！不能半途而廢，只要看一眼羊蹄甲就回頭，不必一定得喝咖啡。」

一心要給母親驚喜的我，不斷給自己打氣，那態勢就是不達目的、絕不甘休。綠燈亮起，我推著母親在暗夜裡狂奔，顧不了雨、顧不了風、更顧不了腳下顛簸不平的水泥路面，像被施了魔咒似的，煞不住腳地只想趕快到達目的地。

「不用擔心！就快到了！」

我不停地大聲說著，看似朝一語不發的母親，其實是安慰自己。馬不停蹄地往前衝，就快到了！就快到了！霓虹燈已然在望，記憶裡的羊蹄甲應該就據守在鐵欄杆內了。我停下腳步，彎下腰，打算指給母親看她最喜愛的花朵，赫然發現母親緊閉雙眼，一顆頭顱竟仰躺著倒掛在輪椅的塑膠靠背上方，我大吃一驚，大聲問她：

「媽！汝是安怎？哪會這樣！」

母親的頭依然倒懸著，無法正直挺立，她氣息微弱地回答：

「我頭殼暈！」

C.M. TSAI '08

從未有過的驚恐剎時襲上心頭，一時間，我進退失據。雨仍然飄著，風依舊吹著，一旁的霓虹燈彷彿竊竊私語著，我冷汗涔涔下，悔恨交加卻又不知如何是好。回顧所來徑，霧雨霏霏，筆直的回頭路看起來好長、好長，像是永遠回不去了。我四顧茫然，知道應該回頭走，卻萌生前所未有的害怕，怕母親就要在回程的顛簸中斷了氣！沒帶錢出來，身上也沒有手機，我嚇得直打哆嗦！母親掙扎著說：

「入去吧！門敢是在頭前嘿？」

我用右手腕托起母親的頭，左手使盡力氣推輪椅，輪椅終於歪歪斜斜地進到市長官邸前門，母親的頭又恢復原先倒掛的姿勢，我著急地用食指探她的鼻息，幸而還有呼吸！顧不得其他，我連奔帶跑地衝進咖啡館內借電話：

「我媽媽快不行了！我沒帶手機，能不能借用一下你們的電話聯絡。」

因為緊張，我有些語焉不詳，比手劃腳的。那位男子順著我的手勢望去，遠遠的窄門外，暈黃燈光照映下，母親慘白著臉、嘴巴微張，下半身幾乎快墜落到輪椅下。男子看來是被嚇了一大跳，立刻急慌慌幫忙撥了外子的大哥大，我緊張得手腳發軟、語無倫次。外子聽了我毫無章法的描述，當機立斷，要我循原路推回，他會飛奔前來接應。我雖如服了一顆定心丸，但對安全護送母親仍然完全沒有把握。

離了市長官邸，細細的雨絲仍然無聲的滿天亂舞。因為擔心，越覺輪椅和路面的摩擦莫名加劇，首度對人行道的凹凸不平感到極端痛惡。母親四肢無力地仰躺，身子不住往下滑，頭倒掛在軟弱的脖子上，東晃西垂。每隔幾步路，我就惴惴不安地停下腳步，低歪過身子，一邊察看母親緊閉著雙眼的蒼白臉龐；一邊用手探探鼻息，有時還得雙手從兩側勒住母親的胳肢窩，使勁將她傾頹的身子拉高。依違在加快速度或放緩腳步間，我左右為難。快了，怕母親發暈；慢了，怕雨要落得更急，筆直的一條路竟走得肝腸寸斷。

外子小跑步的身影終於出現在視線可及的那一端！我情緒激動，差點兒哭出來，卻不斷提醒自己：

「不能哭！還得搶時間推過去！千萬得沉著應對。」

三人終於會合，眼神交會，沒有一言半語。外子默默接手過去，先調整了母親的坐姿後，步履沉穩地推著輪椅向前。我佇立當場，看著他們漸行漸遠，頓覺舉步維艱。雨，不知什麼時候停了，我的心裡卻下起了另一場更大的雨。原本單純想用實踐承諾——帶母親喝一杯咖啡來取悅久病的她，誰知，任性的思慮不周竟弄巧成拙地演變成一場畢生難忘的可怕夢魘。

十天後，母親病逝台大醫院。

出殯後，母親夜夜入夢。濕淋著髮，冷颼颼地立在多風、多雨的台北街頭驚疑張望。我則帶著雨衣從遠方冒雨追趕。我們的距離離奇地越追越遠，母親臉露憂懼之色卻始終不發一語；我奮力追趕卻總徒勞無功，終至力竭地跌坐在泥濘地上，一邊嚎啕痛哭，一邊遙遙高喊：「媽！等等我呀！」

一夜、兩夜、三夜……每夜，我都恍惚記得前夢，企盼自己跑得比前一夜更快；拎在手中的雨衣，越來越重，越拖越長，而媽媽終究還是走遠了！在夢裡，也在現實人生中。病弱的晚年，母親等不及女兒帶一件雨衣為她遮風避雨，我跑得太慢了。

——原載二〇〇七年七月十九日《聯合報》副刊

第五十四頁

母親病了，病得不輕，一點胃口也無，日漸消瘦。

我們想盡辦法，找她喜歡的食物、做她愛吃的飯菜。母親坐上飯桌，皺起眉頭，筷子象徵性地拿起又放下，卻什麼也沒挾；我們絞盡腦汁，買東西送她，她心疼花錢，反倒生氣；抽空推輪椅帶她逛街，她又自責浪費我們的時間，心裡不安。去年底，我演講回來，攜回一枚聽眾致贈的書籤，竹雕上打著小巧的中國結，看來十分簡淨、精緻。母親看到這枚書籤，愛不釋手，精神彷彿為之一振，恰巧我的新書《大食人間煙火》甫出版，母親順手便將這枚書籤夾入，並興致勃勃讀將起來。沒料到久不讀書的母親竟又戴起老花眼鏡，細細閱讀著，這倒讓我開始忐忑不安起來。

自年少起，便酷愛閱讀的母親，經過幾場病痛的折磨後，逐漸失去長時間閱讀的耐性。尤其是自去年九月一場驚天動地的胃動脈大出血之後，雖然屢屢仍想重拾熱愛的書本，卻似乎總是力不從心，常在短暫的翻閱後，頹然闔上，感喟道：

「可能是正經老囉！看半天，都不知自己在看啥米！」

生理的老化讓一向耳聰目明、手腳麻利又倔強好強的母親感受到極大的失落。求好心切的她努力強迫自己喝雞精、牛奶、燕窩，勉為其難地讓我們領著她散步復健。雖則如此，狀況卻似乎並沒有好轉。作為子女的我們逐漸體悟到天命之難以抗衡，只能盡量想法轉移母親對自身健康日趨下坡的灼灼注視。

在這種情況下，母親居然恢復讀書舊習，照說是應該感到開心才對的，何以我竟一則以喜、一則以懼？其實是另有隱情的。《大食人間煙火》一書的第五十四頁，收錄了一篇題為〈廚房裡的專制君王〉的文章，敘寫一生以廚房為根據地的母親，年邁後心餘力絀的狼狽掙扎，因手腳反應不及，既走不回廚房又退不到客廳，以致淪入進退維谷的困境。筆帶荒涼，滿紙滄桑，雖然自覺對台灣即將到來的老人世界有未雨綢繆的觀察與提醒。然而，對當事人的母親來說，目睹這般袒露的寫實，未免酷烈。我怕一向好強的她看了恐會承受不住，本沒打算將此書的出版告知；可是，旋即又想到每回出書總能給母親帶來很大的快樂，奄奄一息的她此時不是最需要好消息的鼓舞嗎？何況，我估量她近年已不耐久讀，未必能集中精神看到那篇尷尬的文章。

為了給她打氣，我還特地在書前的蝴蝶頁上寫下情致纏綿的由衷感謝：

親愛的媽媽：

這本書的出版，最該感謝的就是您的啟蒙、牽引。因為有您一路的護持與分享，寫作與出版於我才具更深刻的意義，希望您健健康康、長長久久地和我共享閱讀與寫作的快樂。

最愛您的女兒玉蕙敬上

於是，從那枚書籤被夾入書本起，我每天總是懷抱著矛盾的心情，偷偷觀察母親的閱讀狀況並檢查進度。一方面盼望她能恢復先前的功力，一方面又害怕她真的看到第五十四頁的文章。到底母親能否跨越第五十四頁的關卡？那枚書籤擔負著傳達訊息的重責大任。我發現每回闔上書本前，母親總鄭重地將書籤夾入暫停處，以利下次翻閱。而我總在她上床後，躡手躡腳窺看書籤的駐足所在。第二十一頁、第二十六頁、三十二頁⋯⋯，嗯！雖然進度稍慢，卻循序漸進，很好！然後，忽然又莫名地退回到十三頁。錯愕之餘，我好奇攤開來看，是該書的自序，文章由母親的閱讀經驗談起，先前，一心記掛著母親可能看到那篇寫她狼狽失據的專文，完全忘記書序已然開始著墨，心裡不免為之一驚！母親用鉛筆在下面幾句旁邊歪歪斜斜地畫線：

母親所有的人際應對，悉數從哀感頑豔的中、外小說裡借鏡、取法，幾十年來，抓緊時間，在生活的隙縫裡閱讀，習染言情小說的誇飾、虛構手法，母親膨脹現實裡的小奸、小詐為深冤、大恨；放大生活中的小歡、小樂為巨喜、狂歡，八十餘歲了，仍然黑白篤定、愛憎分明，全然沒得商量。文學的感染力，穿透時光，浸浸乎直探生命底層，為人生設色定調，而母親自己當然是渾然不覺的。

我不確知母親畫線的緣由，是心有所感？是未能識解其中的意思？抑或無法辨識這段話裡的褒貶？第二天，我若無其事問她：

「你都看懂否？有啥米不懂的嗎？」

母親取下眼鏡，抬起頭，似乎有些抱歉地回說：

「卡深的所在，有時陣，有看親像無看同款。…人老了！真是無路用囉！」

說完，不等我的回應，她又戴上眼鏡安靜地埋首書本。我幾度欲言又止，終因

不知從何說起而作罷，繼續裝聾作啞。散文寫作該如何拿捏袒露的尺寸？作者與被書寫者該如何解除尷尬的面對，那一刻，我萌生前所未有的困惑，我既希望母親看懂卻又那樣害怕真的被她看了出來。

一個微雨的午後，我和睡過午覺的母親各據一張沙發看書，母親忽然眼眶泛紅地朝我說：

「這個囝仔實在有夠乖！雖然讀冊無像汝那麼好！但是，極得人疼哩！」

我挨過去，坐到她身旁的小板凳探頭看，原來她正看到描寫我乖巧女兒艱難求學歷程的文章。那夜，書籤落腳在第四十頁，母親看完了完整的孫女的蛻變。次日，書籤又神奇地重回三十四頁。過兩天，母親讀到我們生澀地陪她打麻將的混亂局面，不禁呵呵笑了出來，那是第四十四頁。就這樣，來來回回的，書籤在十至五十頁間徘徊遊走，始終沒能跨出第五十頁。母親讀書的時間越來越短，有時甚至多日擱置，不再聞問，書籤彷彿也寂寞地跟著母親一起打盹。我的心臟怦怦跳，覺得母親的生理時鐘彷彿也時而狂舞亂擺，缺了節奏；時而恍惚迷離、忘了移動。

睡眠時間日增，清醒時間越少。日漸耗弱的母親終於不敵病魔的侵襲，在今年舊曆年初撒手塵寰。我們含淚扶棺回去故鄉，依照她生前的叮囑，讓她伴隨父親長眠。母親走後的三個月內，我心亂如麻，不時在暗夜中失控痛哭。書看不成，文章寫不下；不敢打開母親的抽屜；不敢注視母親的房間。失了魂魄的軀殼，在校園中悠悠行走，不時得停下腳步深呼吸，感覺像是即將溺斃；上課時，常常無端語帶哽咽；夜不成眠，腦袋裡全是前塵往事：風華正盛的母親緊拉著我的小手，轉學、考試、快步疾行過一個個危險的路口；有時恍惚睡著了，那枚徘徊移動的書籤卻在夢中反覆飛竄，書頁翻得比風還要快。

百日過後，我被迫面對。整理遺物時，發現母親將我的所有出版品，悉數小心翼翼的排在隱密的高處櫥櫃內，每本都有幾條黃穗外露。定睛一看，赫然發現母親將二十年前，我甫入文壇時，圓神出版社為我量身訂做的宣傳書籤一一藏身各本書裡，而書籤的落足處，全在和母親相關的篇章上。有好幾個地方，也同樣用鉛筆拉了長長的直線，只是，以前的線條相形之下顯得堅定、凌厲。原來，母親是如此看重我對她一言一行的勾勒。生前，我從不敢問她對我以她為寫作題材的看法，她也只在一次閒聊時故做輕鬆地表達多寫她溫柔事蹟的想望，我們雖然彼此避談深層感受，卻不代表兩人全無芥蒂。如今回想，我在演講及文章中不時笑談她的斯巴達式嚴格管教，表面看似輕鬆，實則內心含恨。母親讀我文章，既不辯白、也不討饒，只在介意處以長線標示，卻隱忍地將不滿深深埋藏。我是不是對母親太過嚴厲了？年長後的我是故意用文字報復著她嗎？我猶然懷恨缺乏耐性的她在我年幼時對我無端的鞭笞嗎？歷史是這樣殘酷的重演著嗎？童年時，母親用密密的鞭影宰制毫無自衛能力的我；母親年老了，我用她老人家全無招架餘地的文字回報她！我不是比她更殘忍嗎？而這般愛恨交織的纏鬥竟然在不提防間忽忽宣告落幕。從今爾後，愛也罷，恨也好，都像一把灑在風中的灰，散了！而我，失去了對手，卻痛到無法忍受。

那夜，書本灑了一地，我跌坐地上，嚎啕痛哭！不相信母親已從逐漸傾頹的對峙局面中永遠撤守！母親死了？怎麼會？一直以為她只是吃錯藥、看錯醫生，只要些許時日，就會恢復強悍，仍舊可以旁若無人地呼風喚雨。誰知，一個含淚吞聲的母親早早隱身在印著我驕傲笑容的書籤裡，一蟄伏便是二十年，她是因此感到太累、太委屈了嗎？是那些筆直的、歪曲的鉛筆線條，一條一條陸續帶著她走向死亡之途的嗎？

回到台北的家中，無意中，在書架上重新邂逅那本母親臨終前猶聚精會神、孜孜展閱的《大食人間煙火》，書籤靜靜停駐在第四十九頁，她終究沒能翻到我所擔心的第五十四頁。

感謝上蒼，在最終的歲月裡，母親只讀到了我們對她的愛。

——原載二〇〇七年七月二十七日《中國時報》人間副刊

你怎麼越來越像你媽！

母親走了！永遠從人間撤守。

自噩夢中醒來，發現母親真的再也回不來了，暗夜裡，忽然五臟內腑一陣激越翻滾，幾乎無法忍受地淚如雨下。

母親一生堅忍、紀律嚴明，而那些她生前所堅持的秩序倫理，都將隨著歲月崩解，如燈滅，如風逝，一切都無濟於事了！而她為何在最後的時光中仍斤斤計較，絲毫不肯鬆手？尤其是和外傭的爭戰，堪稱至死方休！母親仙逝那日，我注視著靈堂上熒熒燭火映照的母親遺像，不禁在心裡追問著。

母親過世之前，有很長的一段時間，完全處於與外傭激烈爭寵的生活狀態。以此之故，我花了相等的時間向她保證：在家裡，絕對沒有誰比她更得寵。我安慰她：

「我們幹嘛對外傭好？非親非故的。我們兄妹對她好，最終的目的是希望她對你好。你不要胡思亂想，誰會對外傭比對自己的媽媽好！又不是神經病。」

為了讓她開心，我不惜抹上黑臉，假裝對外人無情。母親不是省油的燈，她也裝糊塗，翻著白眼，抓住要害反擊：

「我就感覺恁兄妹極奇怪！恁是安怎不直接對我好就好！彎彎曲曲的，大家都這樣維護伊，我等未赴伊對我好，先就被恁氣死了！」

「我們是怎樣對汝不好？……每天都煩惱汝生氣，要怎樣做汝才會歡喜！」講了又講，她就是不聽，我也生氣了。

「簡單講！恁對伊好，就是對我不好！這樣，汝知道了吧！」母親像孩子般負氣地回答，扭頭就走。

母親和外傭爭寵，非一朝一夕之事，讓我們兄弟姊妹傷透了腦筋。當初，為了讓外傭方便照料，而樓下並無多餘的房間，我們權且將外傭的床鋪設在母親臥房隔鄰的大餐廳角落。我主張在角落隔間，母親反對，說是得大興土木，麻煩；姊姊轉而建議裝設活動式拉門，母親還是持反對意見。為什麼反對呢？我們疲倦地問。母親生氣地說：「我的臥房也從來沒有關門，伊要門做什麼？恁是要請伊來做阿嬤的是麼！」

我啼笑皆非，母親反過來鄭重問我，家裡只有她和外傭兩人，外傭為什麼需要一道門？

「出門在外，總會有想家的時候，寫信啦、讀書啦、想事情啦，甚至流眼淚啦！總有些個人的隱私，有屬於自己的空間比較方便啊。」

「伊為什麼要流目屎！我難道會荼毒伊！伊會有甚麼見不得人的隱私？沒門就不能想事情？」

母親那個年代的人，不作興講「隱私」，她們的生活都大大方方攤在陽光下，沒有祕密，我沒辦法和她談私密性。早些年，她曾經為了同居的孫媳婦外出時鎖上房門而大發雷霆，一口咬定孫媳防她，「難道驚我偷取伊的錢！要無，為什麼得鎖門？」於是，外傭的門最後勉強以一道現成的屏風成交。母親依然忿忿不平，嘟囔著：

「憑甚麼伊就有屏風，我做主人的顛倒無。」

每天，母親像是帶著錄影機準備隨時錄像的狗仔隊，目光炯炯地窺伺著外傭的一舉一動。晚上七點過後，我準時打電話回台中向她請安時，她總是滔滔不絕地訴說著外傭的不是：

「電視看到一半，我站起來，阿漆就問我：『阿嬤！你要去哪裡？』真是氣死我！我就跟伊講：『安怎？我去哪裡敢也需要向汝報告？』伊一個下腳手人也想要管我！豈有此理！」

我知道不能硬來，假裝跟她同仇敵愾，半開玩笑地回她：

「是哦！哪輪得到伊管！阿漆真是好大膽！阮老母自從二十餘歲伊婆婆過身以後，就無人敢管伊，連阮老爸都管伊未贏，伊真是給天借膽！……」

老人家像孩子，聽到有人挺她，感覺氣消了許多。然而，我在舌尖打轉好幾圈的話，終究忍不住還是脫口而出：

「我想，伊是不敢管汝的啦！話講轉來，照顧汝是伊的責任，伊當然需要知道汝要去哪裡呀！要不，汝若跌倒或受傷，伊是要跟我們怎麼交代！」

電話那頭立時陷入沉默，母親敏感的察覺到我替阿漆說話的心機。我連忙將話題帶往別處，繞啊繞的，母親又將話題拉回到阿漆的身上。

「極恐怖咧！一頓飯吃三大塊的肉，驚死人！我連一塊都吃未落。」

我噗哧笑出聲來。母親一向大方，每天慷慨地準備許多食物打算應付隨時造訪的客人，現在居然連阿漆吃幾塊肉都往心上記，這不是太可笑了嗎！可我能說甚麼呢？只能駭笑著搭腔：

「三塊肉算甚麼！你年紀大又生病，當然吃不下，正常人三塊、五塊的吃，不算甚麼！做工的人，體力耗費大，我們作主人的總得讓她吃飽才行！媽！你一向不是最大方的嗎？怎麼如今變得這麼小器！」

痛快的話說完，我就知道慘了！媽媽一聲不響將電話掛了，我緊接著連續撥號，再也撥不通。一整晚，我為著自己一時心急口快而懊惱萬分。我知道她不會輕易善罷甘休，接下幾天，我得耐下性子持續地撥電話，表達我的悔過誠意。母親鬧彆扭，特意換上有來電顯示的電話，懲罰性地拒接，存心讓犯錯的子女閉門思過。情況嚴重時，我還得專程驅車南下，當面道歉，低姿態地請求原諒。

這樣的戲碼不斷的重演，母親、阿滚和做子女的我們全吃不消，彼此都厭煩極了，仲介於是將阿滚遣送回越南去。半年後，菲律賓的安妮前來接手。不到一星期，母親又開始不停地向所有人訴苦，一遍又一遍。菜的味道淡了點，故意的，「明知道我愛吃鹹！就是故意讓我吃不下飯。」幫她將不靈光的手臂穿過袖子，「弄痛我，存心要拗斷我的手！」蹲下來幫她把行動不便的右腳抬上車子，「粗腳重蹄！根本就是故意的，歹心肝！」有一回，安妮摸黑去院子關大門，阿嬤氣呼呼責備她：「你係要偷走是麼？」

安妮洗澡水用太多；安妮煎魚太大聲；安妮用油太浪費；安妮來了以後，瓦斯費暴漲；安妮只做自己喜歡吃的菜；安妮不喜歡的東西絕不拿出來給主人吃；安妮坐沒坐相，坐椅子老坐出奇怪的聲音；安妮掃地馬虎，沙發從不曾移動；安妮喜歡大聲回嘴；安妮居然把前一頓吃剩下的番茄炒蛋吃光光……，總之，安妮一無是處，結論是：

「安妮眼睛太大，嘴唇太黑。古早人就曾說過：黑嘴唇的人，心肝壞。」

一次又一次的，母親講得氣急敗壞，我們聽得煩膩，卻又不能不介入調停。費盡唇舌，口乾舌燥，卻只讓母親更加怨恨。剛來時，安妮有時聽不懂阿嬤說的話，阿嬤氣不過，認為她故意裝傻或唱反調。我拿出教書時拿手的譬喻解釋道：

「像我學了十幾年的英文，到了英語世界，遇見洋人開口說英語，緊張之下，就更聽不懂了。安妮學中文還沒有我學英文來得久，這樣已經很不錯了，讓她慢慢學吧。」

阿嬤不以為然，振振有詞地辯說：

「用膝蓋想也知道，台灣話哪有英文那麼難！台語極簡單的，連我這麼老攏會曉講，伊那麼少年，有多難！……伊不是聽無，伊係目睭晶，知道誰較厲害，欺負我老了，從來不肯睬我，只聽恁的話。」

我們想盡辦法兩邊安撫，母親聽不進去解釋，說我們胳臂往外彎，合著外人欺負她，每天悲壯度日。安妮百般努力討阿嬤的歡心，卻只是徒勞，也是日日以淚洗面。不到三個月，變得又瘦又憔悴，眼睛顯得越大、嘴唇越來越黑，讓人看了好不心疼，最後雙方都束手無策，安妮只好自動求去。

母親經過幾回合大戰，也精疲力盡。阿漆走了，安妮也走了，我知道她有些後悔，只是好強不肯說出口。湊巧，有一位老太太過世，仲介將尚未逾期的越南籍阿深轉介給我們，她說：

「這個阿深很聰明！很機靈！原來的雇主很稱讚。如果這個再不行，我們也沒辦法了。」

阿嬤刻意露出慈祥的笑容，附和著說：

「卡巧的卡好，不是我歹款待，實在是阿漆和安妮太憨！不會變竅。憨得未扒癢，真是傷腦筋。」

這回，有了較為周全的應變措施。我們歸納出外傭與母親的扞格肇因於溝通上的困難，於是，遊說母親北上住到我家裡來，不再讓她和外傭在老家孤軍奮戰，希望有人居間折衝會減少誤會的產生。

阿深來了！還沒進門，清脆的問候先就傳來：

「阿嬤！阿深來了！您在等我嗎？」

阿深反應快，國語程度較前兩位為佳，也超會撒嬌。剛來時，常靠在阿嬤身旁怪腔怪調說她傳奇性的故事給老人家聽，她的成長、所經歷的多位雇主，植物人的、手腳不方便的、寺廟裡的老尼及剛亡故的老太太，母親聽得一愣一愣的，時常時空錯亂，張冠李戴，聽到入神處，還常常偷偷問我：

「到底是真的還是編的？」

回想起來，當時的母親是百般隱忍的，她一心只想證明阿漆與安妮的相繼離境和她無關，她並非難搞的主人，所以，強壓著不以為然的怒火。其實，當晚，我將為阿深準備的一床新棉被取出時，母親便閃過一絲哀怨的表情，兩個月過後的一次閒聊中，她便酸溜溜地說：

「阿深一來就有新棉被，我反而只有舊棉被可蓋！對阿深比對恁老母卡好！啊！人老了，鬼看到也驚，莫怪。」

她蓋的哪是舊棉被啊！分明是兩個月前才專為她挑選新購的被子。我知道，母親其實不怨她的被子舊，而是生氣傭人的被子新！她老人家捨不得我多花錢，而我心疼外傭拋夫棄子、萬里投荒，也想給她一些家的溫暖。沒料到這兩者竟然變成不能兩立的難題，存在生活裡的每宗細事中，而母親存心要我抉擇、表態。孝順竟然槓上了人道！

母親一生劬勞，如今老了，本應好好享受的，卻因為請了外傭而日日椎心痛苦，一想到這點，我就自責不已。所以，一遇到母親的事，總小心翼翼，刻意順著她的心意，然而，雖已竭盡所能地周到設想，總也還是時時誤觸埋藏的地雷，而我，似乎怎麼做都出錯，都是失敗，讓我萬分沮喪。

一日午後，我放學歸來，正是下午茶時間。我興沖沖地自學校附近學生所開設的小餐店買了幾包炸雞條回家，有原味的、辣味的，怕母親挑到灑了胡椒粉的雞條，我先將辣味的那包遞給前來開門的阿深，母親臉色瞬變，卻不明講，只假裝胃口不佳，賭氣不肯吃，臉色嚴峻卻輕描淡寫地一語帶過：

「恁呷就好，我腹肚未飫！」

當她幾十年的女兒，豈會不知道她的心事！我坐到她旁邊的小椅子上，又陪笑臉、又哄、又請求地把東西往她嘴裡塞，她才勉強張口吃了一些。晚上，母親開始獨力整理包袱，作勢明早要回中部去，邊收拾、邊當我的面前訓斥阿深：

「你就留在這好了，這常常攏有點心吃，轉去潭子才無這好康，我自己轉去就好，你留在這。」

教了整天書，我雖已疲憊不堪，卻仍耐下性子溫言解釋，無奈母親執意不聽，刻意閃避我的眼神，冷著臉上床。一時之間，我萬念俱灰，踱到浴室蓮蓬頭下，讓巨大的水柱當頭沖下，忍不住手捶牆壁、失聲痛哭。然後，收拾了眼淚，依舊綻開笑顏，跪倚到母親的床前，承認一時疏忽，傷了母親的心，撒嬌地請求母親寬諒。

類似的事，幾乎無日不有之。然而，母親的身子越來越虛弱，我們對阿深的倚賴越來越深，阿深似乎也越來越油條。她自行另做早餐，不跟我們吃同樣的東西；常常指使外子去為母親買東西；得空的時候，一邊翹著腿、躺床上看我送她的漫畫書，一邊肆無忌憚地哈哈大笑；差遣女兒做這、做那，女兒天性溫暖，不但不計較，還認真配合。我們同情她遠道來台，侍候病人辛勞，一直把她當自家人看待，也不以為意。然而，我慢慢發現母親的抱怨也非空穴來風，母親幾次想從座位上挪動，虛弱的喊她，她都故意充耳不聞，逕自走開；另有幾次，因為母親叨念，事後，我看見她攙扶老人家如廁時，竟重重地將母親摔到馬桶上，引得母親哇哇叫疼。我怕她難堪，不想當母親的面指斥她。事後，趁著母親午睡，悄悄和她溝通：

「我們對你的好，想必你應很清楚。但是，疼你並不代表你就可以不照規矩來。阿嬤是病人，難伺候，我知道你心裡不開心，但是，這就是你的工作，考驗著你的專業。就好像我在學校當老師，學生不乖，我能用藤條伺候他們嗎！我再不高興，還是得想法子和他們溝通，因為教書是我的專業，把他們教好是我的責任，我不能輕易動怒，你也一樣。你不理阿嬤，假裝沒聽到她喊你，你兇阿嬤，不顧她的疼痛，粗暴地把她摔向馬桶，我們都一一看在眼裡，以後再不許這樣了，知道嗎？」

阿深低下頭，不知道聽懂了沒有，眼裡一逕含淚，不敢狡辯！我又心生不忍了，想到阿深終究也只是個年輕人，她也有個人難耐的情緒，有時，女兒挨我罵兩句，也會氣呼呼地拂袖而去，何況，母親確實不容易討好，於是，我很快就原諒她了。

母親的身體日益羸弱，數度進出急診室。最嚴重的那次，胃動脈大量出血，經過緊急栓塞後，還在加護病房待了好多天，我們憂心如焚，不過，總算託天之幸，轉危為安。那些天，外子在家裡和醫院間日夜來回地奔走，血壓飆高到前所未有，卻毫無怨言，親友們都為之動容。沒料到從加護病房轉到普通病房的第二天，母親又大鬧脾氣，肇因於外子為阿深準備了一些生力麵、麵包等乾糧備用，母親語氣不悅地挖苦道：

「阿深、阿深，甚麼攏是阿深，阿深就那樣重要，大家攏總巴結伊！我死去也沒人會傷心！」

外子聽了，愣在當場，只好訕訕然回說：

「我是驚伊深夜或早起腹肚飫，萬一無人替換，一時無法度去買，準備著，不知……歹勢……」

我居間難堪，雖為外子感到委屈，可母親才從鬼門關逃出，我又能說些甚麼。

次日，外子和我提著燉煮的流質食物前去醫院為母親餵食，母親坐臥床上，幾度欲言又止，想是經過幾番掙扎，終於開口：

「實在真失禮！昨天對恁這尼無禮貌，請恁不要記在心肝內。媽媽因為破病，身體無爽快，才會安捏。恁這尼辛苦，我昨暝還對恁這尼無禮，請恁原諒我的老番癲，莫要跟我計較，尤其是全茂，對我這麼友孝，為我無閒到安捏，我還無知好歹，對伊歹聲嗽，實在對伊真失禮。」

我端在手上的碗差點兒驚得跌落地上！母親一生好強，自我有知以來，從未聽過她在口頭上向任何人認錯，如今竟說出這樣的話，對她而言，不知要按捺住多少的委屈！我手足無措，只能故示輕鬆，回說：

「媽！汝哪會這樣講！有甚麼沒禮貌的！汝是我媽欸！只要汝健健康康、平平安安，就是我們最大的幸福！汝又不是不知道恁女婿的為人，伊只是好心，做事沒想太多，讓汝生氣，汝就原諒伊！」

外子附和著，也嚇出一身冷汗。夜裡，出了台大醫院，走在徐州路上，想到母親紅著眼眶的低聲下氣，對照昔日的意氣風發、恣肆專橫，我不禁心裡難過、害怕得大哭起來。天知道！我多麼希望母親依然強悍如昔，即使無理取鬧也勝過這樣的壓抑、溫柔，而人生恐怕是真的回不去、回不去了，我一路走、一路流淚。

母親出院後，除了上課及早先訂下的演講、評審，我婉拒所有應酬，每天趕著回去陪伴母親。推她散步、陪她聊天，目光灼灼注視著母親的血壓、血糖、脈搏跳動、甲狀腺機能，而一日虛弱過一日的母親，不知從何時起，竟不再和我們投訴阿深的罪狀了，我以為她終於想通，決定和阿深和平相處了，誰知，這其中另有隱情。一日，我聽母親在電話中偷偷告訴姊姊：

「我不敢再跟你妹妹告狀了，我怕阿深會報復我！」

我聽了，簡直痛徹心肺！我的母親，曾經何等地美麗、強悍，如今卻節節敗退，認命、退縮到對人生毫無招架能力，甚至擔心起外傭的欺凌，而我到底做了甚麼，怎讓她老人家誤以為我會坐視不管她的死活而任憑她讓外傭欺負！

母親再度住進醫院，病情已然十分沉重。一日，我和女兒推著母親到醫院的空中花園逛逛，臨走，吩咐正在浴室裡洗手的阿深：

「我們先去花園，你隨後來，我們一起幫阿嬤抬手、抬腳做復健，順便幫她按摩。」

我們在花園裡手忙腳亂了好一會兒，阿深遲遲未至，等我們滿頭大汗推著母親回到病房，竟看見阿深躺臥沙發上，邊吃蘋果，邊將雙腿交叉高舉並悠悠晃蕩著。我不大高興，叫她去找護士前來換傷口紗布，她倒大方，不但沒有不好意思，且直接轉頭指使女兒：

「妹妹！你去找護士來。」

當時，我心裡一凜，有些不以為然，卻也沒往心上記。

母親終於不敵病魔的侵襲，在過完舊曆年後仙逝。含悲忍淚辦完喪事北上後的那晚，丈夫跟阿深說：

「阿嬤過世了，你把地鋪收起來，就睡阿嬤的床好了。」

我忽然一陣暈眩，差點兒仆倒在地。「讓阿深睡母親睡的床」！我可憐的母親！才剛剛離開了一會兒，她的床就被外傭佔領！母親如果活著，豈會甘心！當初，因為房間不夠，我們特意讓女兒搬到書房，讓出臥房給阿嬤，阿深只能在阿嬤床邊打地鋪，我們一直想為阿深購置沙發床，卻恐觸母親之怒而作罷。如今母親走了，女兒依然在書房中忍受我深夜寫作的燈光，仍舊不得回到自己的臥房，而阿深卻入室登「床」！母親生前是何等重視主僕之分的，主人坐高椅，傭人坐矮凳；主人先吃飯，傭人後用餐；主人先沐浴，傭人後洗澡；主人鋪新被，傭人蓋舊被，……如今，她屍骨未寒，竟然……

「媽媽一定會生氣的！你怎麼可以這樣。」

我躲進臥房內蒙被痛哭，幾近歇斯底里。外子尷尬地說：

「媽媽死了！不會生氣了。你不是一直對阿深睡地鋪感到內疚嗎？現在讓她睡床上，你又生氣！……你怎麼越來越像你媽？」

我越來越像我媽？是啊！我是怎麼啦？當時我視為封建、處心積慮想要讓母親改觀的想法、作法，如今卻像鬼魅一般纏繞著我！我強壓住心中的不滿，抹乾了眼淚，佯裝豁達，阿深於是順利進駐女兒的房間、上了母親的眠床。

阿深還想在台灣找新工作，不想回去越南。在等待新雇主的時間，她暫時留置我家幫傭。她天生伶俐，聰明絕頂，每件事都有主張，而且幾乎所有的主意都恰如其分。我請她多燒幾道菜，讓孩子可以多些選擇，她說一頓吃不完可惜，夠吃就行，不肯多煮；湯淡了些，麻煩她下回稍稍多灑點兒鹽，她說鹽吃多了，對身體不好；刀架壞了，想換一個新的，她嫌浪費，取了鐵絲，三、兩下修好了；讓她用洗衣機洗衣服，她說手洗的才乾淨……。本來有這樣得力的傭人是應該開心的，可我卻隱隱感覺不大舒服。一回，回去潭子整理母親的遺物，一不留神，她已將母親所遺留下來的雞精、亞培安素、燕窩、蜆精，親友們致贈的各式水果，母親的衣物，分別打包，指導我這包原是哪位姊姊所贈，可以請她取回；那包滋補，適合哪位兄長補身；這件旗袍妖嬈，該贈送哪位嫂子；那件大衣保暖，最合適怕冷的舅媽。甚至母親的輪椅可以送去哪家老人院，坐式尿桶椅又應該如何處理……悉數加以分派，我聽得目瞪口呆，覺得很不是滋味，可她的安排卻又是如此正確精準、合情合理。那回，我總算是見識了阿深的厲害精明，也因此了然母親難以消受的原因。連我這樣不拘小節的人都受不了，何況一向慣於主宰、支配的母親，哪容許阿深如此越俎代庖，當然是恨得牙癢癢的！

日子一天天過去，不知為何，我的焦慮一日更甚一日。看來阿深似乎比我更能勝任家務，我的意見經常被打回票，阿深掌握了家裡的大小事務。一日，女兒、外子和我走在路上，不知談論甚麼話題，我對著他們父女二人說：

「阿深是很會做飯沒錯，不過，再怎麼說，還是自家口味較習慣吧？」

外子忽然露出嫌惡的表情，接口：

「怎麼又說這些！怎麼你越來越像你媽！」

連續兩個驚嘆句，說完，快步前行，似乎對這個話題十分不滿。我愣在當場，感覺眼睛霎時熱了起來。我不記得自己是不是說了太多類似的話，可我也只是說說而已呀！又沒對阿深不好，幹嘛這麼不耐煩！怎麼胳膊淨往外彎，對外人那麼好，對自己人反倒這麼苛求！我癡立路邊，驀地想起昔日母親告狀的心情，她也屢屢幽幽地抱怨我們：

「我只是講給恁聽而已！也無對阿深不好，恁為什麼安捏就變臉！」

回到家裡，正要按門鈴，外子邊掏出鑰匙開門，邊說：

「可能還在睡午覺，就別吵醒她！我們自己開門吧！」

睡午覺？我看了看錶，下午三點二十分。我的心，沒來由地酸楚。

吃過晚飯，勤快的外子，在阿深尚未放下碗筷，已然切好一盤水果端上，嘴裡直嚷嚷：「來！阿深一起來吃水果。」我深吸了好幾口氣，才勉強抑制住滿腔燃燒的怒火。

次日，阿深要寄東西回越南，外子熱心協助，在家幫忙綑綁了三大箱衣物，還幫忙載送至郵局，除了填寫各項資料外，因為規格不合，又在郵局裡更換紙箱、重新綑綁，花去了大半天的時間。那日，家裡客人盈門，我手忙腳亂，卻老等不到他們回來，簡直氣炸了！

其後幾天，我的心情宕到谷底，一句話也不想說，外子這才知道事態嚴重！他找了個機會，情辭懇切地低聲跟我道歉：

「我生在貧寒家庭，母親一向病弱，我從小就努力幫忙家務，以減輕母親的負擔。結婚以後，你也知道的，自己的事，能獨立完成的，我也從不曾假手他人。我不習慣讓人伺候，阿深雖是傭人，我老忘了可以差遣她，甚至還搶了她的工作，因此常常惹你生氣！……想來我還是比較適合作傭人、不習慣作主人。有了傭人，徒增困擾，乾脆就讓仲介將她帶回去吧！」

是呀！我又何嘗不是不及格的主人！膽小怕事，不敢發號施令，不好意思堅持己見，只會躲起來生悶氣並遷怒家人。

阿深走了！家裡又恢復了往日的秩序，而我經歷了這段和外傭共處的短暫時光，才深心體會母親的痛苦心酸、那種眾叛親離的失落感受。年邁的母親，須事事仰仗阿深，然好強的個性依然，負隅頑抗，卻是心餘力絀。生在舊時代，長在舊時代，卻活到新世紀，莫名其妙的甚麼人權忽焉降臨，女兒成天灌輸她「外傭也是苦命人，若非不得已，誰要拋夫棄子，萬里投荒！」「人生而平等，外傭只是用勞力換取生活之資，無損於她的身分地位。」這些體恤下人的平權觀，嚴重挑戰她根深柢固的主僕階級論，這種幾乎是連根拔起的觀念上的翻轉，對她而言，是何等酷烈的折磨！而當我徹底了然她的心事時，母親卻永遠不再回來了！而我，身為現代人，深諳人權平等種種，卻怎麼在這些地方越來越像我媽！

從小，我就豔羨母親的光鮮亮麗，期待有朝一日能和她一般穿著優雅的旗袍，款款地在人群中談笑風生。而今，卻為了被說成和母親相像而備感委屈。「你怎麼越來越像你媽！」成為緊箍咒，箍得我淚水直流、欲辯忘言。或者，我得試著揮別這短暫的主人生涯，帶著以往美好的記憶重新上路。但願，下次人們跟我笑談「你

文訊於母親節主辦的《作家的母親》慶祝活動。

怎麼越來越像你媽！」時，語氣裡不再是負面的責備，而是因為我的自信光燦一如我美麗的母親；是因為我擁有和母親一樣的古道熱腸；是因為我涵養了母親所有值得稱道的德行。

本尊走了，我但願自己是母親美好的分身。

——原載二〇〇八年二月十六～十七日《聯合報》副刊

浮生原來若夢

去年九月，即將開學的前一個禮拜，所有暑期的例行演講、評審和論文寫作都告一個段落，正想趁著開學前的空檔，帶著母親四處走走。我將旅行的構想和母親提起時，母親還客氣地說：

「汝無閒，免為我操煩，我住在這裡，已經給汝添了不少麻煩了。」

那陣子，母親的胃口不大好，吃得很少，問她身體有甚麼不舒服，她也說不上來。我當是新來越傭所做的菜不合母親的胃口，只在心裡想著，該找個時間親自下廚做幾道母親愛吃的菜。那天午飯過後，母親說胸口悶悶的，本想提早去睡個午覺，可是，彷彿是誰記起四姊代表南投鄉親跳國標舞的競賽節目即將在公共電視台播出，一家人於是歡歡喜喜端坐電視機前觀賞，雖然已經預知奪標的結果，仍然沒有減損盎然的興致。節目在掌聲中結束，母親起身，帶著恍惚的笑容由越傭扶持著進裡屋去。起身之際，只說要吃顆胃藥解胸口的鬱悶。我忙取了顆健胃仙、倒了杯

婚後，父母帶兄姊回娘家（最後一排最右為母親，中排最左為父親）

水跟進，母親就坐在床頭上服藥。水剛吞下，母親作勢噁心，越傭急忙拉過垃圾桶，母親跟著便地動山搖的狂吐起來。我被吐出來的東西嚇得魂飛魄散，因為，一口一口的，全是紅豔豔的鮮血！

慌亂之中，竟忘了到底該撥一一九？一一〇？抑或一〇九？數字在腦海中糾結，手發軟，電話接通後，嘴唇抖得連自家的地址都說不完整。暈死過去的母親任憑救護人員抬上抬下，救護車咿咿阿阿地穿越台北街頭。星期日的午後，雖然已是九月天，卻還有著盛夏的赤炎。母親沒有血色的手臂，掉在擔架床的下方，我小心翼翼將它抬起，碰觸的剎那，感受到手的冰冷、虛軟，像是魂魄正一步一步從軀殼脫離、遠走他方。一個不吉祥的念頭驀然襲上腦海，難道母親就將這樣突然地死去？我搖搖頭，企圖揮去這個可怕的想法。可是，愈是這般企圖逃避，愈多的相關資訊卻更爭先恐後地竄出。也許真是今日了！若是母親真的這樣撒手了，往後我或者會這樣描繪種種的蛛絲馬跡來驗證這場生命中突如其來的災難：

說來或許也是有跡可循的。接近一年餘沒有聯繫的兩位舅媽，忽然在母親昏倒的前一天夜裡來電敘舊；從不打電話的大嫂也出乎意料地撥來電話；三位姊姊不約而同地在當天早晨分別從台中、豐原及中壢捎來問候。母親是在看完四姊優雅的舞姿後，含笑逝去的。母親選擇了最完美的片刻離開，為她的人生畫下完美的句點。

想到這兒，我不安地四下瞧了一眼，唯恐被窺見了如此不孝的念頭，還來不及細想，台大醫院已然在望。

母親很快被推入急診間。接續下來是一連串驚心動魄的搶救行動，我被迫簽署一張又一張的家屬同意書：上消化道內視鏡診治手術、中央靜脈導管置入術、雙腔靜脈導管置入術、氣管內插管、上消化道出血的血管攝影……簽署書下方一貫是一張手術說明書，慌亂中，我也來不及細看，逕自跳過醫療處置、手術效益，直接閱讀手術風險，不是呼吸困難需要電擊，就是出血、組織器官穿孔、靜脈血栓、感染、氣胸、血胸、動靜脈瘻管…自然也少不了死亡的危險。每簽一張同意書，就哭一回。我從沒有拉攏的窗簾往內偷窺，看到兩三名女護士強壓著母親的四肢，戴著手套的年輕醫生拿著鼻胃管，面對母親仍舊不斷從口中湧出的鮮血，似乎正端詳著該如何下手。母親的雙腳不時地從床上震顫著彈起，似乎正進行手法粗糙的插管，看來血仍不止息地湧出，床單的一角沾染了豔紅的鮮血，觸目心驚的。一位護士回頭看到我驚恐的眼，立即回身拉攏窗簾，卻關不住母親悶悶的哀叫聲。

一位年輕的醫生鎖著眉頭從簾子裡走出，我急急迎上前去。醫生看了她一眼，沒說甚麼，逕自到急診櫃台內取出另一張栓塞同意書，神情嚴肅地朝我說：

「是你媽？是女兒還是媳婦？……情況非常危急，胃動脈出血，得進行緊急栓塞。因為出血嚴重，吐出來的血比輸進去的快，所以，隨時有可能在手術中因失血過多而死亡，你們要有心理準備。」

我顧不得哭！趕緊問醫生，母親意識還清醒嗎？可以進去跟她說幾句話嗎？醫生還沒來得及回答，我已一頭鑽進急診間，握住媽媽的手。

「媽！知道我是我吧！」

插滿管子的母親居然點了頭。

「媽！我要醫生盡力搶救！但是，萬一…萬一真的沒辦法，我們就放棄急救，您就安心的走，我們不氣切、不電擊……好嗎？」

媽媽的手無力的回應了一下，我知道媽媽同意了。我俯身親了母親的臉頰、額上，附在母親耳邊說：

「媽！萬一您不得不走，一定要記得我們有多愛您！知道嗎？我們會帶您回台中陪爸爸。喪事我會按照您的遺願讓表弟處理，請您放心。媽！我們真的好愛您……」

眼淚從母親緊閉著的眼睛裡流下，我邊哭邊說，恨不能將母親緊緊擁抱。

有著頑強生命力的母親幸而沒有軟弱束手。出了手術室，在加護病房內和死神拔河了幾天後，總算從鬼門關前被搶救了回來。其後，我每回想起自己在急診間那一番亂糟糟的告白，總覺赧然且尷尬不已。幸而，問起母親那日的光景，都說毫無意識，全無相關記憶。

經此一場大病的折磨後，母親成天懨懨然，寡言少語，胃口尤其不佳，人瘦到皮包骨似的。家人固然擔心，母親自己也著急萬分，眼看一日比一日更加虛弱，固體食物逐漸無法下嚥，只能喝些許雞精、牛奶，勉強支撐體力。我四處尋訪名醫，一開始，每位醫生都信心滿滿，但試了幾種藥，不知是沒對症下藥，抑或其他甚麼原因，似乎都不管用。幾乎群醫都束手了！最後，一位醫生笑著朝母親說：

「不用擔心！這回開的藥，包準你吃了以後，胃口大開，會變得極大箍。」

醫生充滿樂觀的言語，大大地激勵了母親的情緒，她也笑逐顏開地回說：

「敢有這麼好的代誌！」

母親神情愉悅地被推出診療間後，醫生偷偷告訴我：

「我懷疑令堂應該是罹患了憂鬱症，因為擔心吃不下，而更吃不下。這回開的藥，一方面可以解除她的憂鬱症，一方面可以促進她的食慾，沒問題的！不用擔心，就怕到時候會變得胖嘟嘟的。」

誰都沒有想到，這顆樂活優（REMERON）的藥效竟然如此之強！母親早上吃下一顆藥之後，呼呼大睡了整個下午，約莫黃昏時分，我在床邊聲聲呼喚，母親才從大夢裡被召喚回神。神情倒是極亢奮的，她幾乎是喜極而泣地拉著我的手，像孩童般地向我炫耀她似幻還真的夢境：

「我在夢中學會了做餅！我自己都不相信！剛開始，我也是不會做，身體真艱苦，做不來，一塊餅做到離離落落，歹看死！然後，慢慢學，看別人做，最後，竟然越做越厲害，乾脆自己開一間店，賺好多錢，阮阿爹極歡喜咧！」

她躺臥著，向著跪坐床邊的我認真地訴說，眼裡還含著激動的眼淚，彷彿這種種都是真實發生的事。我一邊因著母親作了好夢而高興，一邊驚詫莫名，暗地裡心驚，深怕母親起床後發現一切只是南柯一夢，而病況並無好轉、雙腳也依然乏力，那時，母親會是何等地絕望！幸而，母親不忍就起，她淚眼迷離地賴在被窩裡反芻夢裡的快樂。可憐她已經多日食不下嚥，那顆藥發揮了神效，讓她在白日裡苦尋不得的食慾，在夢中得到充分的滿足！然而，這終究只是一個讓人聞之心酸的虛幻之夢，母親講得越興奮，我聽得是越痛斷肝腸。

更讓人憂心的是晚上吃過藥後，母親開始日夜昏睡。一天二十四小時，竟有約莫二十二小時躺臥不起，勉強扶她起身，從臥室走到餐廳，顛顛倒倒的，像是宿醉未醒似的，筷子拿起又放下，簡直神思不屬。我被嚇得魂不附體，女兒上網蒐尋相關訊息，發現一般正常人使用樂活優的劑量，一天也不該超過一顆，何況已骨瘦如柴的母親，竟然一天吃了兩顆，顯然醫生忽略了患者的體能狀態，給重了劑量了。沒料到情況一發不可收拾，剛開始，還能勉強扶起喝些流質食物，旋即倒頭又睡；其後竟是叫也叫不醒了！含在嘴裡的慢性病藥，半天都吞不下去，大夥兒嚇得急忙送往台大急診室。急診室的醫生，詳細問過病史及病況後，一方面吩咐抽血送去檢驗，一方面即刻作了處理，醫生告訴我們：

「你媽媽可能因罹患橋本氏症狀，割除甲狀腺，雖然有按時服用補充機能的藥物，怕是劑量不足所導致的虛弱昏睡。沒關係！我已經請護士準備類固醇，每六小時打一劑，三劑過後應該很快就會恢復。」

果然一如所料，類固醇打下後，母親終於從昏睡中悠悠醒轉，變得精神奕奕，大夥兒慶幸總算找到病因。誰知，三劑類固醇下去，十二小時後，驗血結果出來，甲狀腺機能完全沒有異常，倒是母親開始情緒亢奮、妄想連連，在急診間裡，雖然舉步仍然維艱，卻由越傭扶持，在各病床間穿梭握手，頻頻為其他病患打氣加油：

「要加油啊！不要放棄！提出氣力來！會好起來的，免煩惱。」

她向成列臥病在急診室的病患一一殷殷叮囑，並向患者的家屬表達辛苦照護的敬意，那態勢，彷彿是新上任的市長蒞臨視察，而病人一時不察，也以為是甚麼大人物來慰問般，給與親切的回應。

打針的時候到了，護士在偌大急診間的角落將母親尋回。坐上病床，母親嘴裡猶然嘟囔著：

「做人就要堅強！一時的艱苦不算啥，對否？」

遍尋不著血管的護士，正滿頭大汗，驀然面對母親勵志的言論，只好唯唯以對。母親枯瘦的雙手，幾乎是皮包骨而已，護士東搜西找，敲敲碰碰，橡皮繩索綑這兒、紮那兒，試了又試，就是找不出一道浮起的血管可以下手。另找了一位身著白袍的醫生前來支援，依然眉頭深鎖，不得要領。不得已，一位聽說是經驗老到的護士又被急電召來救援。這下子總算將針頭刺進血管，血液滲進針管的那刻，圍觀者幾乎是齊齊拍起手來。然而不知何故，沒多久，竟發現血液溢出而染紅了手臂擱置處的床單。然後，又是一陣兵荒馬亂，好不容易安置妥當，我那行走江湖、讓母親擔心不已的小哥來了。

小哥從急診室的側門過來，母親恰巧正面迎向。小哥身著黑色西裝，眼戴墨鏡，腋下夾著長方形小包，活脫一副黑道弟兄打扮。身後尾隨幾條壯漢，若非詳查，還以為小哥帶來的隨從，其實只是急診室內其他病患的家屬。

小哥離開後，母親許是被嚇著了！因為藥物所引發的妄想，將目睹的種種作了可怕的連結，她刻意露出慚愧的笑容，丹田有力地朗聲向各床家屬致歉，請求原諒：

「各位！真正歹勢！囝仔不懂事，胡亂來，其實無歹意，是無小心的，請大家原諒。」

然後，母親俯身在我耳邊叮嚀：

「是我們自己的孩子做不對的代誌，我們的姿勢一定要放卡低一點，你看！跟人相打，給人打到流血流滴，是我們自己不對。」

說完，又朝空猛點頭致歉了幾回，鬧得陪病的我尷尬萬分，不知如何是好。

為了不干擾其他的病患並安撫母親的情緒，我用輪椅將母親推出急診室外。夜幕低垂，急診室外的徐州路上，一片寂靜，只有台大醫院在兩旁裝置的霓虹燈閃爍著。母親坐立不安，認真地和我說著似假還真的傳說，年代久遠的少女戀情：

「大家都謠傳恁陳伯伯拿一百萬元來跟我的阿爹講婚事，其實，是無影的代誌！伊無那麼多的錢……只是，我的阿爹為著伊，將我軟禁了好幾天。」

「我的阿爹係疼我，不甘我那麼早就嫁人！」

反反覆覆的，母親就在閃爍的霓虹燈間幽幽訴說著七十餘年前和陳伯伯一段戀情，語氣裡充滿了對愛情華麗的嚮往和對命運變化如走馬燈的喟嘆。說著、說著，疲累得睏著了。

次日，我匆匆從家裡趕到醫院，母親神采奕奕，像是卡通裡已然吃了菠菜的卜派。

「隔壁床的那對夫妻，好親像是太太討客兄，伊的尪極生氣，都不要睬伊！」

天光微亮之際，母親偷偷附耳和我說。我錯愕，問她怎知。

「哪不知！伊厝是戲班，叫我明日上台幫忙搬一個角色，我無法度拒絕，真是傷腦筋！」

我偷眼望向隔床邊端坐的男子，一派雲淡風輕，並無夫妻不和跡象。男子忽地起身，往外走去，我尾隨，問他是否經營戲班。男子錯愕結舌，答曰並無。我心下了然，母親果然罹患妄想新症！

所有的言談悉數離了譜。母親眼露精光，四處尋找點燃生命之火的題材。不知是哪家病患家屬用報紙將天花板上嵌崁著的兩支日光燈稍遮光芒，免得刺目。母親躺臥著，看著、看著，拉過我去，悄聲附耳道：

「鍋蓋不掀開，等一下，麵會爛糊糊，是要怎樣吃！」

任憑我口乾舌燥地反覆解釋，都無法讓母親從錯覺中醒轉過來。母親以多年掌廚的經驗，堅持要掀開她所謂的「鍋蓋」。我力陳不果，只好隨她起舞，找來椅子墊腳，爬上去將報紙扯開。事猶未了，母親進一步要求將鍋中的麵條撈出，免得浸泡太久糊掉。這可給我出了難題，莫非得將日光燈取出才能結案？我乾脆將計就計，哄著母親：

「這是台大病院的鍋子，當初汝就不應該將麵條下在別人的鍋子裡，這陣，若是強強要將麵取出，人家會以為我們是賊仔哪！」

母親面露不豫之色，訕訕然回答：

「賊仔卡猛人咧！明明就是我們煮落去的麵……」

眼看她要發火了，我趕緊轉移她的注意力，說起前床病患的病情。母親稍瞥一眼，即刻回說：

「伊也是我們潭子人，住在我們的隔壁庄。」

我問母親怎知，難不成已經在某個沒當心的時刻，已和他們聊過天了？母親篤定地說：

「那須開講！伊的骨頭就算化作灰燉，我也認得出來！熟識幾十年的老朋友，天邊海角，看伊多會走。」

她侃侃談起村中的種種滄海桑田變化，分明是陳年往事，卻像昨日歷歷。就這樣，母親一會兒解說著鄰里間的糾紛；一會兒擔心著鍋裡沒撈出的麵要糊掉了；時而煩惱次日即將上台演出的角色尚未排演；時而沉浸於往日情懷中，滿臉期待幸福；甚至比畫著牆上龜裂的痕跡露出恐怖的表情，說：

「汝看！台大病院這麼垃圾鬼！整壁的蟲，蠕蠕蛛！驚死人咧！」

我毛骨悚然，越聽越害怕，不知道到底發生了甚麼事，怎麼原本一言不發、日夜沉睡的人，忽然像個過動兒般，靜不下來。

就這樣，母親在臨終的歲月裡，因著三顆樂活優及三劑類固醇的擺弄，雖生猶死地神魂穿梭在八十餘年的時光隧道中，在垂死之際，對過往歲月做混亂的斷層掃描。年少的情愛纏綿；繁複的村莊傳說；長年對子女不捨的眷顧；對人際的殷勤探問；對廚房經驗的綢繆難捨；……一樁樁、一件件，像床單上殷殷漫開的鮮血，又像醫院牆壁上蠕動的群蟲……挨擠著爭相竄出，狂亂失序，漫漶、拉開、拉遠、跳躍，糾結纏繞著母親存在人世的最後時光。

一星期後，母親在台大醫院與世長辭。母親過世後的第三日，我從醫院領回死亡證明書，紙上寫著死亡直接原因：肺炎；先行原因：胃腫瘤疑似淋巴瘤。醫生抱歉著說：

「送出去的檢驗報告剛剛才回來，原來令堂罹患了淋巴癌。」

喪禮在七日後的二二八紀念日舉行。一身縞素的我，像被抽離的魂魄般站立在人群中接受親友的擁抱、慰問，心如槁木死灰。母親哪裡是死於淋巴癌！母親分明枉死荒唐的診療。先是醫生開了過高劑量的抗憂鬱藥，讓她進入沉沉睡夢；繼而在血液報告結果尚未出爐前，便先行注射三支類固醇；讓她從昏睡陡然轉為亢奮，這一冷一熱間，耗盡了母親僅存的精力，使她臨終前吃盡了不該承受的苦頭。而五天急診室的汙濁空氣更推波助瀾，讓虛弱的母親感染肺炎，八十多歲的母親哪經受得起這樣的折騰！而不知情的眾親友聽說母親業已八七高齡，卻都眾口同說：「高壽囉！已經可以啦！」我斂眉俛首，心中煎熬懊惱、憤恨難平！甚麼叫「高壽」！甚麼叫「已經可以啦！」母親分明冤死，她原來應該長命百歲的！而身為兒女的我們卻只是逆來順受地接受醫院的一紙詭辭卸責的死亡證明書，任憑母親不明不白的行過斷魂橋。因為膽小懦弱，我們選擇替母親喝下孟婆湯，佯裝遺忘她所親受的折磨，安時順命地託言這是上天刻意的安排，並站在陽光依然普照的人世接受親友無奈的慰問，寧非最大的諷刺！

日子一天天過去，每到黃昏，我在車如流水馬如龍的車陣中，手扶方向盤，在學校與家裡的十字路口停駐，總不由得萌生「黃泉無客店，今夜宿誰家」的悲痛，母親魂兮歸去，再也不會回來，而我被怨恨重重綑綁，日日反芻，不得解放！一日，經過辛亥隧道前的殯儀館，忽見逐漸被黑暗吞噬的大片天空中有群燕掠過，朝南方齊整飛去，那一剎那，靈光乍現，我驀然對死亡有了新解。人生艱難唯一死，死亡既是人生不得已的歸宿，再是合理的死亡，在不捨的家屬看來，最終都是不甘！都必然有恨。而憾恨是如此的難遣，人們只能從細微末節的差錯裡尋找出口，因此，負責和索命閻王拔河的醫生往往註定得承擔拮抗失敗後的責任歸屬，背負起罪魁禍首的咎責。如此想來，一直被我怨恨著的醫生是不是枉擔著莫名的冤屈呢！

母親參與的最後一張全家福（中為母親）

他又豈能抗天！

母親仙逝週年，我終於了然浮生若夢！當大限來時，再長、再美的人生大夢都必得宣告結束，沒得商量。這時，縱使百般不捨，我們恐怕也只能選擇徹底的放下了。

——原載二〇〇八年四月號《鹽分地帶文學》第十五期

最後的咖啡

兩頰凹陷、神態疲憊、精神恍惚的母親，應家人的要求，對著鏡頭，緩緩說出了她的新年新希望：

「身體健康！明年莫要讓恁那麼辛苦。」

一輩子操勞且好強的母親，在除夕夜裡，病弱地許下了這樣的心願，四年前初三的凌晨，她依照自己的承諾，不再讓我們辛苦侍奉，永遠遠離病痛，去了極樂世界。

那個舊曆年前，徵得醫師的同意，母親從台大醫院請假回來吃年夜飯。我取出數位攝影機為她留下身影。從鏡頭望過去，枯瘦的母親，眼神時而渙散迷離、時而凝鍊一如鷹眼般凌厲，打開紅包袋的手微抖乏力，雖然習慣性地取出鈔票，企圖數出張數，卻總無法如願；鈔票散落地上，她吃力地想彎身拾取，終究還是徒勞。

動作遲緩卻仍企圖掌控，被病痛折磨得失心掉魂的母親，一如往常地，對她的人生採取主動，即使已近油枯燈盡，仍掙扎著振作起來，接受了我們和孫子給的紅包後，也顫危危地包了一個紅包給侍候她的越傭，說：

「今年阿深真辛苦！我的腳不太會走了！」

阿深就站在她的右側，母親卻往左方漫漫尋索，幾度企圖凝神聚精，卻總是不能，鏡頭捕捉了母親最後的一個除夕。

母親過世百日後，我們再次透過鏡頭尋找母親，赫然發現母親的魂魄原來早早離了身，只是當時我們身陷執意搶救的局子中，竟都無所察覺。

那捲DV，留下母親最後的身影；那日，也是她最後的除夕。

那夜，穿上彩色圍兜的她，強打起精神，和家人共度最後的歡樂時光。她最掛心的小兒子——我的小哥，在我們切切的盼望中終於現身，我深吸了一口氣，差點兒哭出來。我多麼害怕居無定所、行無定向的小哥，會在這個特別的日子中，讓虛弱的母親望斷秋水！母親見到她的小兒子出現，露出一絲恍惚迷離的笑意。

「吃了東西沒？」小哥問。

「呷飽了。」母親木木的回說。

母親幾乎粒米未進，我向小哥告狀。母親低下頭，吶吶回說：

「愛呷的物件莫知佇叨位！」

長久食不下嚥的母親，意外的在我們的一再鼓勵誘導下，喝下了她人生中最後一杯咖啡，和一小口蛋捲。母親走了！每每想到在她生命途程中喝下的那杯最後的咖啡，總讓我感受到無限的安慰。胃動脈出血過後，醫生叮囑不能再讓母親喝咖啡，然而，母親和咖啡已纏綿幾近半世紀，乍然宣告必須分手，母親雖然謹守醫命，但總覺她忽忽若有所失。每回，帶母親回診，我老和醫生廝纏，告訴他咖啡禁令的不人道。醫生終於鬆口，說「嚐一些倒也無妨，不過量即可。」得到赦令的母親，仍舊謹慎小心，只有在我百般逗引下，才試它一杯，不過，喝咖啡時的享受表情，令人難忘。而母親在油枯燈盡的最後時刻，萬念俱灰，食不下嚥，卻喝下那杯咖啡，一滴不剩，我將這杯咖啡詮釋為母親一生完美的結束。

母親和咖啡的關係非比尋常。父親猶然在世時，他們夫妻倆，就經常對坐同飲。喝咖啡時，必佐以可口的小餅乾。父親過世後，母親守著父親留下的百餘盆蘭花，形單影隻地繼續父親生前為蘭花分枝散葉、繁衍後代的工作，將他們倆共同的蒔花愛好照顧成滿園的花繁葉茂，好不燦爛！咖啡和蘭花成為我們思念父母時最美好的記憶。

母親極嗜吃甜品，這是子女都知道的。外公家開枝仔冰店，母親常回憶小時候自己製作冰品，上學時，邊走邊舔的往事，堪稱是她最甜美的回憶。我剛結婚初期，家境稍有起色，母親常在我返家度假時，從菜市場攜回仙草、愛玉、涼粉或紅龜糕、鹼粽……等，興沖沖地端上兩碗，邀我一起吃。而我一點也不肯湊趣，總埋怨這些鄉土味十足的點心早就過時。

母親過世後，姊妹相聚，話題總還是離不開母親。二姊告訴我們，一天午後，忽然強烈地思念起母親，想起母親每回到豐原，總不忘踱到一家特定的店裡去吃一碗雪白的米苔目，於是，她立即換上衣服，特地從城西開車到城東，到該店叫一碗母親的最愛。

「我埋頭一瓢一瓢地往嘴裡送，一點一點地嚐，想從中了解媽媽為什麼那麼喜歡吃它！到底米苔目有什麼好吃的，而從來就不喜歡吃米苔目的我，竟然因此破天荒地將整碗吃光光！」

三姊最多情，一想起母親便淚流。無論何時，她總是依著母親的習慣，一杯咖啡、一疊小點心，早餐桌上，下午茶裡，嘴裡喝著、吃著；心裡想著，不斷複習著母親的舉止，她說：

「奇怪的是，媽媽走得越久，我好像跟她越來越接近。」

炎炎夏日，炙熱的陽光橫過大片玻璃窗，直射進冷氣室內。姊姊們幽幽地說著，我不由紅了眼眶。母親逝去已屆四年，她的影像卻似乎越來越明晰，姊姊禁不住思念的召喚，坐到母親常坐的位置上試吃著母親最愛的甜品，設想著母親的心情；而我又何嘗不然！否則又怎會在忙碌的工作中，不辭辛苦地備置各項材料，在粽葉飄香的端午佳節，用著沒有章法的雙手，認真弓身艱難的包粽！儘管包出來的粽子簡直長相乖戾到極點，但吃過的兄姊無一不嘖嘖讚嘆！說裡面分明是媽媽的味道！

母親亡過之後，每過一天，思念便添一分。日日，我們姊妹循著母親生前的足跡，悠悠走過她曾經走過的路，每走一步，便覺又多了解母親一些。遺憾的是，母親在世時，我們似乎從未如此設法和母親接近。

那年除夕夜，雖親人圍繞，實際卻已魂歸離恨，枯瘦如影的母親，在寂滅的夜裡，喝過最後一杯咖啡、嚐了最後一口甜點後再沒進食，兩天後的夜晚，她自己悄然拔掉鼻胃管、呼吸器，主動向世界宣告她不再留戀，在長媳、長孫和外傭稍一閃神間撒手塵寰。在暗夜裡，不停發出急促呼吸聲的機器不知何時悄然停止運轉，螢光幕上跳動的曲線姿態決絕地直直往另一個世界奔去！我那一輩子辛勞又堅強的母親哪！她銳意主宰命運、扭轉乾坤，丈夫的、兒女的，像逐日的夸父，一輩子從不肯認輸，最後，連何時歸去都強勢地自我主宰，不假他人或上帝之手。

——原載二〇一一年二月號《幼獅文藝》

愛呷的物件莫知佇叨位！

母親一輩子待在廚房內做飯等丈夫、兒女回家！她對吃食的重視，超乎想像。母親出嫁時才十四歲，據她自己說，在娘家，她是個受養父鍾愛的小女兒，從來沒有下過廚房。她做菜的本事，跟她認字、裁衣一樣，完全是無師自通。嫁到廖家沒多久，就開始在大家族中參與輪炊，幾個月後，她的手藝就在鄉間傳開，割稻的季節，村子裡的老農們總愛點名她做的美味點心。

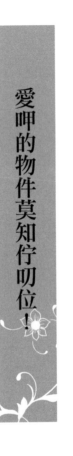

母親愛做菜，也喜歡研發新菜色。在做菜上，她展現了旺盛的求知慾。不管在餐館或在兒女家吃到可口的菜，她總是不憚辭費地問到底，材料、作法、次序…，回家後，即刻實驗。在這方面，母親堪稱十分具有慧心，一點就通，不但很少失手，有時還能在基礎上開發出新口味。年少體力好的時候，甚至還經常獨當一面，一做就是好幾桌待客。

母親以廚房為根據地，拓展她的人生版圖。在世時，於廚房的最後一役是臨終前的四個月。當時，她掛記潭子老家的花草樹木，扶病南下。因為食不下嚥，身子孱弱，我們從豐原交流道下高速公路後，直奔一向求醫的豐壽醫院打一劑營養針。醫生一逕的親和，問起北上後的種種。當時，母親求生意志依然強烈，望聞問切之後，母親忽然問醫生：「敢吃豬腳否？」醫生愉快地回答：「很喜歡哪！」那晚，母親特意以電話向市場熟悉的肉販預購黑毛豬腳，次日清晨即起，豬販送來豬腳，已然虛弱不堪的母親，在外傭的扶持下，顫巍巍地在廚房裡燉起了她一向最拿手的豬腳，整個屋子霎時瀰漫著香噴噴的氣味。外子銜命送去燉好的豬腳，聽說醫生既驚訝又感動！母親說：「呷人一斤，至少著要還人四兩！醫生人極好，阮受伊的照顧，一點的報答是應該的。」啊！如今回想起來，就像一則預示的神諭，一向周到的母親，是否已經了然今生的緣會至此已是終了！直到臨終，她都還用身教告訴我們：「受人點滴必湧泉以報」的做人道理。

母親往生後的幾日，醫院才查出致命的病灶是胃部淋巴癌。先前的兩次激烈吐血，表面是胃動脈穿孔出血，實際的原因是淋巴出了問題。自從接連兩次的出血過後，母親的身體就一蹶不振，最明顯的症狀就是食不下嚥。我們每天都虎虎的注視她的胃口，絞盡腦汁張羅她喜歡吃的飯菜。因為胃部出了問題，堅硬、油膩或醃漬的食物首先被排除，她一向最愛的花生米、油條和醬過的嫩薑、小黃瓜從此和她絕緣；缺了這些東西，她的胃口更差了！筷子總是舉在半空中，不知該落向哪一道菜！

她一直興趣缺缺的軟調食物在不得已下上場，三餐裡只剩了布丁、蚵仔麵線、雞湯……。怎麼辦呢？怎麼辦呢？母親努力的想讓我們不要操心，但是，她的胃口不肯合作，我憂心如焚。一日，我忽然憶起母親極喜歡日本料理中的炸南瓜，於是，下課後，興沖沖從超市攜回一只大南瓜。炸南瓜油膩膩的，不適合給病人食用，炒南瓜應該是一項不錯的選擇，母親曾經在炒南瓜時加糖，吃起來甜甜鹹鹹的，我還記得。於是，這頓炒南瓜，下頓南瓜湯，煮得爛爛的，容易嚥食。一個黃昏，我自捷運古亭站出來時，忽然瞧見麵包店旁懸著斗大的標題：「薑汁南瓜湯」，秋日的午後，下午茶時分，我高興極了，急急買了一杯西式的南瓜湯，熱騰騰的，連跑帶跳的趕回去，想讓母親及時趁熱喝了。

母親踱步至廚房，看到桌上的南瓜湯，臉色丕變，我猶不知情地嚷嚷著：

「趁熱喝了吧！挺好喝的樣子，我下捷運時看到，好高興！想您……」

話還沒說完，聽到母親冷冷地回說：

「每頓都吃金瓜！前天、昨天金瓜、今天也金瓜，說我愛吃金瓜！我甚麼時陣呷意吃金瓜！恁誰曾看過我買金瓜？」

母親變臉，扭頭便走，我聞言大驚！一家數口全都傻眼，當場愣立，說不出話來，當時只覺錯愕。是呀！母親是沒買過南瓜，那到底是基於甚麼樣的原因，讓我錯覺母親喜吃南瓜？對日式料理店中的炸南瓜偶而的讚美，似乎顯得證據不足。忽然，腦海閃過一個畫面——暗夜中，母親和外傭拿著手電筒，蹲在老家院子的角落抓蝸牛，爬藤上的碩大葉子全被晝伏夜出的蝸牛給吃光了，母親請人在水泥地上鑿了一個圓形泥地，努力地撒上種子種植。葉子長出時，全家人欣喜若狂地圍著辨識到底長出的是絲瓜？瓠瓜？或南瓜？在種植一事上經驗豐富的外傭鐵口直斷是南瓜。生命的成長，讓母親很高興，然而，她的身體狀況越來越糟，離家住院或北上就醫的時間越來越多，每回，隔一段時間回去台中，因疏於防範，瓜藤、瓜葉總是被可惡的蝸牛蠶食鯨吞，讓她好生失望！就這樣，對瓜藤攀升的渴望，深入我的腦海，更改我的記憶庫，自然增生了錯覺，母親因而在我腦海中變成嗜吃南瓜的人！而母親的憤怒，與其說是為了吃南瓜或為了女兒的粗心，毋寧說是為了日漸委頓的胃口。這最後的驚天一怒，堪稱她和終身志業——飲食的徹底決裂。

諷刺的是，母親一生服膺「民以食為天」的信條，虎虎地在廚房裡，為兒女的三餐張羅，自己也興致勃勃地到處吃喝。她生前常說：「人為財死，鳥為食亡。」而她不為財死，卻像高飛的鳥兒，死於怎麼也召喚不回的食慾。

那年除夕夜，穿上彩色圍兜的她，強打起精神，和家人共度最後的時光。我用錄影機捕捉她憔悴虛弱的身影，她苦笑著對著鏡頭囁嚅自語：「愛呷的物件莫知佇叨位！（愛吃的東西不知在哪裡）」年初三凌晨，母親往生。

母親走了！有很長一段時間內，我如行屍走肉般，不知道生活怎麼過下去。

一日，到鄉下親戚家走動，黃橙橙的油菜花田在陽光下閃耀著；透紅成熟的累累番茄懸在蜷曲委頓的綠葉間；甘藍菜花強勢地分列怒放，矮個子的地瓜葉謙虛地匍匐前進；長人般的青蔥直挺挺站立……主人說：

「喜歡吃什麼就摘什麼，別客氣。」

我一眼看中向來缺乏好感的刈菜，割了碩大的兩株回家，仿著母親的手法用排骨熬煮，含淚品嚐著既甘且苦的滋味，回味著母親生前常說的話：

「知道欣賞長年菜的苦味，才真正知曉人生是啥米滋味！」

如今，我經歷了人生的四季，終於逐漸識得長年菜的回甘滋味，卻也了然生命的無常與無情。苦澀，原是舌尖和刈菜乍相逢的初體驗；所有的甘甜，只有等待歲月的細嚼慢嚥後，回味的喉頭，才能感受得到。

又過幾日，外子閱報，看到報上引李時珍《本草綱目》裡的記載：

四月取母薑種之，五月生苗，如初生嫩蘆，而葉梢闊，似竹葉對生，葉亦香。秋社前後新芽頓長，如列指狀，采食無筋，謂之子薑。秋分後者次之，霜後則老矣。

他忽然轉頭朝我說：

「怎樣?想不想乾脆種些嫩薑來醃漬?既然你那麼愛吃薑，而此時正是種薑的季節，看來也不是太難的事，何況媽媽已經不在了，我們只能自己來了！」

我從另一份報紙的副刊抬起眼來，愣愣地看著外子，驀地淚如泉湧。那樣的早晨，一如過去的某些個星期天早晨，我們喝著咖啡，看報紙，臧否時事、交換看法，爭論或補充，媽媽都一律要缺席了。而媽媽醃漬的嫩薑、媽媽特殊調味的粽子、母親蒸的蘿蔔糕、她獨門的各色烹調……所有有關母親的一切從此都成為絕響了！我的冰箱內真的再不會有母親為我炸的一盒盒豬油了！我再也不必氣急敗壞地警告她：「一日到闇吃豬油，呷了會死哦！」

「愛呷的物件莫知佇叨位！」成為她留在人世的最後一句話，每一個字都讓兒女思之痛徹心肺。

——原載二〇一〇年十二月號《新地雜誌》

如影隨形

歷經一場和死神拔河的賽事後，我們不得不撒手認輸，站在路邊，汗淋淋，喘息、不甘心、流淚，恍恍惚惚的，幾個月回不過神來。演講暫停、評審婉辭、寫作終止……，竟日沉浸在悲傷裡，不肯面對現實。氣憤醫院草菅人命；埋怨自己沒能做得更好；回想在哪個關鍵時刻下錯了決定；悔恨最後一夜沒能守在母親的身邊；反省有沒有讓九泉下的母親在生前充分了解我們對她的愛！……就這樣，糾纏蜿蜒，沒完沒了，不聽勸解、脫身不得，神魂俱奪，情緒潰堤，直到那場早早訂下的演講，我悠悠行走，帶著不清不楚的神智來到高雄，夜宿愛河邊。

「女性視角與生活散文——以台灣的親子互動為例」是好幾個月前訂下的講題，當時母親雖已病弱，卻仍和我們依存在同一個時空。文化局邀約的電話在行過街角的散步時響起，母親坐在輪椅上，臉上帶著歉然的微笑，彷彿為著久病而抱歉著，剛沐浴過的母親，由越南籍的幫傭推著，在愛國東路的人行道上緩步前進。

我放下電話後，她側過臉，輕聲問道：「又是來請演講的？」我靦然回答：「是的。」「不要太辛苦呵！」她再次叮嚀著。我說：「我知道，您不用煩惱，我會斟酌。」就這樣，在車水馬龍的台北街頭，母女簡單地交談著，不時陷入沉默。冬日的陽光，穿透樹葉，在母親的臉上灑上斑斑駁駁的奇異圖案，閃閃爍爍的。鳥兒在樹梢上跳上躍下，不時有被啄碎的褐色果子掉落水泥地上。母親偶而愣視著地面，慢慢仰起頭追索高處的枝葉；有時像是忘了我們的存在似的，陷入沉思，彷若懷抱不足為外人道的心事。太平盛世裡，我們何嘗有過怎樣逾越的要求，不過期盼椿萱康健，母女能相偕在小門深巷內散散步、聊聊天罷了！然而，事總與願違，沒隔多久，母親宣告遠離所有的病痛，帶著我們的愛長眠，而我卻在她百日過後來到南台灣，履踐在她生前所允諾的一場約會，和聽眾們談論最痛的親子互動。

女性視角下的生活散文？身為女性，寫作也以親子互動為主要的資材，主辦單位是因此才找上我的嗎？她們是希望我談談柴米油鹽醬醋茶充斥的人間煙火嗎？母親死了！人間煙火不再璀璨，寫作、演講於我，變成沉重的負擔，我該講些甚麼呢？文化中心外，有人練舞、有人坐在階梯上聊天，大柱旁，逡巡在書展間的，有老有少，都把眼光聚焦在書本上。上一場，是曾貴海先生的演說，本來是坐無虛席的。曾先生走了，熱切想了解親水高雄的群眾也一鬨而散，我站在僅存寥寥無幾聽眾的文化中心門口，心情也同樣寥落。天氣很熱，南台灣的太陽毫不留情地直射進羅列著白色塑膠椅的聽眾席，幾位聽眾左躲右閃，就是閃不過熾熱的陽光。我的眼睛幾乎睜不開，明晃晃的光亮，毫不客氣地和我正面交鋒，半瞇著眼，我用手遮陽，沒用！乾脆和它硬碰硬！放下虛遮的手掌，迎接萬條的閃閃金光。預計的演講時間已到，主辦單位不死心，猶自苦口婆心地廣播，催促有心或無心的聽眾聚攏到這擺滿座椅的演講角落。太陽太大了！使得原本想在戶外一邊吹拂著自然微風、一邊聽著演講的美意大打折扣。我的太陽穴隱隱作痛，汗水沿著背脊直直流下，坐在位置上的聽眾開始心浮氣躁，再不開始，連他們都要走了！何況太陽已快下山。於是，我不理會主辦小姐的再等幾分鐘的叮嚀，逕自拿起麥克風。然而，「媽！汝講這陣我能講啥？」我不自覺地在心裡偷偷問著。

於是，我由母親過世後的第一次遠行演講起頭，談到台灣相關的親子書寫。感嘆時人對親子關係的關切，多半仍侷限在和稚齡兒童的溝通，鮮少觸及和老輩親人的互動，彷彿老人的頑冥已是注定，再無檢討或改進之必要。現代文人描摹父母多擅寫悼亡之詞，鮮少具體觀照老人生活的種種，而老人時代即將施施然前來，閃避不得又應對無方，正是時代最大的焦慮。說著說著，不免談到身為散文寫作者的自己對此議題的著墨，並及母親對我的文學啟蒙及伊亡故後對我的打擊……我說得動

全家同遊東歐，母親在布拉格被吉普賽人扒走護照，莫札特也無可奈何。

容，聽眾聽得心傷，我發現這時散處各角落的群眾或放下手中書或中斷躍動的舞或停止聊天的話題，逐漸聞聲蟻聚，白色座椅不再虛置，聽眾中，眼紅或落淚者皆有之，太陽被眼淚削弱了威力，慢慢有微風吹過，原先的躁熱和不耐經過了這番的推心置腹與情意交流，竟似整個沉潛了下來。演講過後，聽眾紛紛前來致意，有幾位有相同心事的聽眾甚至情不自禁的和我相擁而泣。「媽！您看到了嗎？大家都跟我一樣想著您哪！」我在心裡說。

那晚，我沒有北返，因為第三日清晨，在高雄，另有一場「與課本作家面對面」的演講，為免舟車勞頓，我選擇夜宿愛河邊的國賓飯店。沐浴過後，我站在十三層的高樓房間往外望，看見愛河邊閃著細細碎碎的霓虹燈，河水靜靜的流淌著，不禁思索起孔老夫子的經典喟嘆：「逝者如斯夫？不舍晝夜。」不舍晝夜的是時光的流逝嗎？還是人際的種種遞嬗？抑或春夏秋冬、生老病死的必然？像眼前的愛河，就這樣流著、流著、不停地流著，哪管你叫它「高雄川」、「愛河」或「仁愛河」！它就是它，不因名稱之變異而停駐，不因人事的更迭而暴漲或枯竭。而今，我在經歷親情乖隔的大變故後和它素面相照，格外覺得「愛河」之名真是耐人尋味！

說來有趣，「愛河」的名稱原來是起源於一則美麗的錯誤。據聞是詩人呂筆命名的一張「愛河遊船所」招牌被吹落了一半，徒留「愛河」兩字，一位初來乍到的記者，不明所以，在一件殉愛於河的社會事件發生時，錯以為那張「愛河」的看板就是河名的標示，陰錯陽差地做了殉死愛河的大幅報導，「愛河」之名不但不脛而走，且迅速取代了「高雄川」的舊名。這件烏龍事件，一方面凸顯了威力強大的媒體效應，一方面是不是也可視之為人們對「愛」的繾綣繫念？

愛河的流變，非但標示著打狗城市的文化進程，且暗藏著自然無言的祕密。歷經海上潮流的推動、砂粒受阻堆積、地殼往上推升⋯等因素而形成這條河流短、速度慢、斜度不明且直接入海的愛河，據文獻顯示，是條潮川性質的河流，和遠處的海水潮汐休戚與共，像跳雙人舞般，遠方不可知的海洋變化攸關著愛河的水位高低。愛河的進退節奏竟操控在變化無常的潮汐！可不是嗎？人類老覺得自己是萬物之靈，上窮碧落下黃泉都不再只是文學作品中的道士夢，然而，人們卻往往失控在看似簡單的細微末節上，逃不出、解不開，要怎樣的謙遜才有資格詮解「愛」這個字呢？「愛河水位的高低竟受制於不可測的遠方潮汐，是不是也證實了愛的無從自我掌控呢？媽。」我悄聲問。

夜色漸濃，愛河邊，已沒有多少人跡，我決定更衣下樓，和愛河敘敘舊。

每回來高雄，都被安排居住同一個高樓，和愛河的邂逅，總不忍只停駐在高樓的下眺，而近身的觀察，往往有不同的體會，假日與非假日的愛河確乎有著迥異的風情。那日，也許因為不是周末假日，愛河邊顯得安靜許多。咖啡店裡，僅剩了兩、三桌的顧客有一搭、沒一搭地聊著。上回來，記得排隊等待登船遊覽的人潮如織，如今卻只剩了船隻靜靜地停靠。沿著愛河，我獨自漫步。霓虹燈映照的倒影華麗一如往昔，缺了雜沓的腳步，更增添幾許的典重，我不由想起和母親訂下的愛河約會。那日，也是陪母親散步，氣候十分舒適怡人，母親的輪椅就對著我和外傭坐著的路邊長椅，三人一起瞇著眼在路邊懶懶地曬太陽，母親忽然重提去高雄的話題：

「高雄的愛河還是那麼臭，是麼？」

我不禁笑了出來！

「那是古早的事啦！這陣的高雄不共款了，愛河變得很漂亮哦！還可以在旁邊喝咖啡哪！高鐵通車後，台北到高雄只要兩點鐘，等汝身體好起來以後，我帶汝坐高鐵去愛河坐船、喝咖啡，好麼？」

我像哄孩子似的跟母親訂下約會，母親不置可否，逕自微笑著說：

「愛河可以駛船、還可以喝咖啡！敢有影？」

然後，過沒多久，母親便因為吃下一顆醫生開立的增添胃口的藥而陷入昏睡狀態。一日，昏睡終日的母親，在陰暗的裡屋被叫醒，茫昧地用渾沌的囈語探問現下是白日還是夜晚。

「黃昏哪！起來！起來！不能再睡了，再睡，晚上就要失眠了。」我迭聲催促著，一邊拈開床邊的檯燈，母親徐徐睜開雙眼，雙手拉著被緣，狀似神祕地微笑著朝我說：

「今晚，我要轉去了！」

「要轉去哪裡？」我納悶地問。

「汝知道的。」她簡淨的回。

「我不知。」我丈二金剛摸不著頭腦。

「汝敢看不出來？」她依舊微微笑著。

睡完午覺的母親，像是和我打啞謎般對話著。我心下一驚，一時不知所措，俯身抱住母親羸弱的身軀哀哀大哭起來，說：

「我不要汝走！汝不可以這樣！我們還要一起去愛河坐船喝咖啡啊！」

「我已經極滿足囉！恁攏這麼孝順，我的人生無遺憾啦！去喝咖啡的代誌今生恐驚無法度了！」

那夜，我夜不成寐，每隔一段時間，便躡手躡腳潛進母親的房內探看，在黑暗中，撫她的臉頰、探她的鼻息，害怕死神在不提防間前來掠奪。母親睡得極沉，像是失去了意識，任憑我胡亂在她身上又摸又捏，我伏在床前，輕聲耳語：

「媽媽！免驚！有我在，閻羅王不敢胡亂來！誰都別想從阮厝帶汝走！我還要帶汝去愛河坐船哩。」

不知是閻羅王沒有機會下手？抑或時辰未到，母親總算安然度過她自覺的死期，我鬆了一口氣。第二天清晨，和母親一樣，我陷入沉沉的睡夢中，久久起不了身。然而，是對死神的防備不夠嚴密？抑或母親不相信愛河可以乘船？母親終究還是沒能看到愛河上的船隻，也沒能在岸邊喝到香醇的咖啡。

母親死了！而我獨自來到愛河邊，母親若死而有知，魂魄會否相隨？幾個月來，心裡老不安寧，每次思想起來，還是心疼難捨。回想那日送母親進塔，全家人吃了散宴後，彷彿便真的星散了，兄弟姊妹全成了父母雙亡的可憐人。從老家開了紅門出來，母親不再拿雞、鴨、魚、肉、青菜將後車廂塞爆；坐進車裡，習慣性的開窗揮手，和母親道別，母親不再站在門口叮嚀「開車小心」；悵悵然開著車上高速公路，半途不再有母親的電話追來說：「唉呀！為汝醬的一大罐生薑又未記得讓汝提轉去！要怎麼辦？」

高速公路上，交通意外地暢通。我將車子開得快極，像是趕赴一場遲到甚久的約會！然而，母親已然過世，長期的南北迢迢奔赴終告結束，從此再不必定時馳過火焰山，會有怎樣的約會需急急追趕？像我這樣的迷糊人，成天丟三落四，失去對我而言堪稱家常便飯，可是，卻從來沒有一刻像如今那般懊惱、傷感，失魂落魄，只為失去的是最摯愛的母親。

人生理當如此麼？不羈的歲月像火車般轟隆轟隆前進，每隔一段時間，便開了門拋下一些年高、體衰、病弱、遭逢意外的人，又領進若干被歡迎或不被歡迎的新生兒，端坐車中的，送往迎來，不免一番涕淚橫流，或為悼亡而悲傷、或為有後而喜極。而無論生老病死，老天一逕以四時行焉、百物生焉的無言之教曉諭懵懂的人類。想著、走著，一不小心絆了腳，我低下頭，落入眼底的是腳下的成排花草，今日春來、明朝花落，花落草長不就是大地最明白顯豁的教材嗎？「媽！對您的離開，為什麼我就是無法釋懷呢？」

第二天，我留在旅館內評審文學獎作品。我在房間門外掛上「請勿打擾」的牌子，以利集中精神閱讀。九十件作品可不是個小數目，雖然距離決審日還有一大段日子，但是評定名次著實需要清晰的理路及專注的拿捏，正好趁著避居旅館的完全空檔時間進行。很高興地發現，摹寫親情的文字，一如往常般依然占據絕大部分。可喜的是，許多的篇章，已擺脫單純敘寫親情的局限，呈現出更大的企圖心：有的藉由追索父母心境直探國族的歷史滄桑；有的因緣描摹人物性格進而爬梳人際糾葛；甚至因為疼惜親人、愛屋及烏，而展開對故鄉地理的親切觀察與關懷，都頗有可觀之處。「媽！我若是更早展卷閱讀，昨日的演講內容會不會更加豐實？」我問母親。

接近中午時分，長時間注視的眼睛開始疲累、掉淚，我決定暫停工作，外出走走，舒展、舒展坐了半天的筋骨，順便解決午餐。我刻意繞道愛河的另一邊，打算先去上回沒能仔細參觀的電影圖書館，竟然撲了個空，原來圖書館下午才開門！我心下惘惘然，只能在門外徘徊，幫母親看看壓克力名人牆上她最喜歡的楊麗花、林黛、尤敏、陳厚、樂蒂的年輕身影。瀏覽之時，赫然發現館內正進行著一個名為《魔法變變變——走入奇幻電影世界特展》的活動。我用兩手遮住反光，拚命想往玻璃門內瞧，卻徒勞無功。「媽！有甚麼樣的魔法真能讓人起死回生嗎？若是人類真能像《月宮寶盒》、《綠野仙蹤》、《神隱少女》或《哈利波特》、《魔戒》裡所演的一樣，藉由魔法、咒語、精靈的超自然能力騰空飛行、穿梭時空，那該有多好！」

悵悵然從電影圖書館前離開時，已過中午十二點。幸而天空佈了厚厚的雲層，太陽躲了起來，才免得一身汗淋。我信步沿著愛河邊行走，成排大樹盤據路旁，油加利樹、羊蹄甲、垂鬚的老榕樹……每株看來都有屬於自己的滄桑。我發現一棵極度讓人驚豔的大樹，盤根錯節，灰白有節的樹幹，扶搖直上，細碎卻油綠的葉子幾乎將整個天空遮蔽。湊向前去，發現樹下直立一板，板上寫著：

金龜樹（Pithecellobium dulce），含羞草科，別名：牛蹄豆、羊公豆，原產地：墨西哥。用途：觀賞、製染料，假種皮可食。特徵：樹皮灰白色，有明顯的橫紋。

後來我才發現，每一棵樹的下方，都周到地立牌細數著樹的身世，樹若有知，會不會慶幸它來到的是一個親切善待植物的城市？金龜樹的正前方，是鹽埕國中。學校的外牆上，一排可以爬升的廣告看板，精采奪目的各式前衛廣告妝點美麗的市容。從兩張看板間的狹縫窺看，教室內的狀況可以一覽無遺。可惜因為時值暑假，教室內並無人跡，顯得安靜，只有幾名男童穿著黃衣藍褲，在紅色鐵柵門內的籃球場上奔馳鬥牛；校外的鳳凰木上方則一路燒灼著代表離別的紅花。不知為什麼，看到鳳凰花總是讓我感傷莫名，「媽！是不是因為年幼時，您總在燃燒著火紅花朵的鳳凰木下等著我放學回家？」

我去嘉義演講，外子帶著母親閒逛中正大學。

在樹底下，我喚住一位路過的行人，請教他，網路上盛傳一家名叫「咕蒂咕蒂」的研磨咖啡位於何處？男人笑著遙指對岸：「喏！不就在哪兒！」我不禁笑了開來！這真落實了一句俗話：「遠在天邊，近在眼前」。原來，尋尋覓覓良久的地方「得來全不費工夫」，就緊鄰著住宿的飯店。是一間寬敞明亮的咖啡屋，卻有這麼個奇怪的店名。老闆娘很親切，雖然只賣飲料，聽說我尚未進食，特地為我下了好吃的水餃，當然免不了得喝杯名聞遐邇的招牌泡沫檸檬綠茶，感覺真的很有特色。結帳時，才知道店裡的飲料價位似乎比台北的還要貴上許多。如果母親早知咖啡的價錢，鐵定打死不肯進門的。她會說：「賊仔卡猛人，又不是搶劫！」「沒關係！愛河邊的咖啡店還有好多家，我們換一家喝，媽！」

第三天，我到高雄文學館，在作家照片及資料環伺的講堂，和高雄地區的國文老師見面，開講文學的繁花盛景。母親如影隨形，不但佔據我的腦海、我的心，還不時搶著從我的嘴裡竄出。

在演講中、在愛河邊、在旅館閱讀的文章裡。高雄行，母親沒有缺席。「媽！我是汝永遠的小女兒，即使到天涯海角，都請汝緊緊跟著，不要走失！」

——原載二〇〇八年二月十八～十九日《自由時報》副刊

輯 二

不能說的祕密

母親或因禮教關係，從不言及此事，卻在神魂潰散之際，不小心透漏了魂牽夢縈的祕密，難道母親自始至終都未曾忘情這段兩小無猜的純純之愛？那麼，她又如何看待父親對她的愛呢？

取藥的小窗口

那年春天，氣息微微的我，緊閉雙眼，趴在母親背上，由她揹著尋醫。頭皮無端發炎紅腫，整個頭幾乎腫成了兩倍大，高燒不止，臉紅得跟關公似的。村子診所的醫生都束手了。後來被診斷出叫「蜂巢症」，我懷疑就是現今所說的「蜂窩性組織炎」。長大後，老聽母親叨念：

「日頭赤炎炎，我揹著四界去找醫生，大家看著你趴在我的背上，跟死去共款，都講未活了！叫我帶轉去厝裡準備。後來，是你姨丈不死心，強強把你救起來的。講起來，伊算是我們的救命恩人，你要一世人記咧。」

母親口中的救命恩人，其實並不是我血緣上的姨丈，而是母親乾姊姊的丈夫。母親年少時，聰明伶俐，非常討人喜歡，因之被鄰居手帕交的母親收為誼女，青梅竹馬的朋友就此成了姊妹。

母親十三歲時當了客運車掌，乾姊則到診所去幫忙打雜，掛號、打掃，用現在語言叫「護士」，只是當時的護士不需考執照，只要在診所待久了，自然升格去打針、包藥。藥，包著、包著，和醫生日久生情，竟直升為「先生娘」。因為這層乾姊妹的關係，媽媽的九個小孩，甚至十幾個孫子從小到大，去看病從沒花過錢。早年是因為家境清寒，付不起；其後經濟改善，付醫藥費已不成問題了，卻是姨媽怎麼也不肯收。

姨丈是中部名醫，因為盛名在外，求醫者絡繹於途，基於供需的關係，醫療費用相形之下就高出其他醫院甚多。姨媽老抱怨：「如果不是別的醫院看不好，耽擱到眼看就快不行了，患者也不會送到我們這裡來。來的時候，通常病情已經萬分沉重，醫藥費當然貴啦！」到底是病患無法負擔高診療費，導致非到病情沉重不敢前來就醫？抑或別處無法治療，拖成沉痾，所以，醫療費用才會居高不下？至今已無法判定。但我曾親眼見到一位四處求醫無效的焦灼母親，步履踉蹌地抱著臉部發紫的小嬰兒來求診，姨丈只鬆掉小兒身上層層包裹的衣物，再打一劑鹽水針，孩子便奇蹟式地恢復正常。姨媽悄悄告訴媽媽：「其實，只是衣服包太緊而已！」那位太太滿心歡喜地遞上昂貴的醫藥費不說，還感激地差點兒下跪。我為病患抱不平，母親卻說：「你懂什麼！這就叫做醫術，藥本身值無幾個錢，值錢的是正確的判斷。」

母親與祖母、父親、小叔及大哥合影於四合院內。

姨丈是位沉默寡言的長者，看病時，一逕肅穆，惜「言」如金，往往只靠三字真訣便一切搞定，病患坐下後一句：「安怎？」患者邊訴苦叨敘了一長串，醫生診脈、觀舌、聽診、按肚子，聽筒取下，最後一聲「嗯！」然後，開藥，用肢體語言示意走人。雖然看來和病患毫無溝通，但光靠望、聞、切三步驟，卻藥到病除，極為神奇。

姨丈的醫術當然是絕頂高明的，據母親說，他經常訂閱最新的醫學雜誌，診療之外的時間，都在認真研究醫理，是個非常用功的醫生。可我那時不明白，只覺得他有些古怪。在診間以外的地方遇到時，他渾然不識似的，目中無人；就算同桌吃飯，他也總像是在狀況外，沉思、斟酌，少與人交談。在我的印象中，他是個溫和卻無法讓人親近的長輩。我小學畢業、考上台中女中那年，有一天，下課後，穿著制服去就醫，他破天荒親切地打破沉默，問我一些病症之外的問題，諸如在學校有無交到好朋友、功課好不好之類的，把我嚇得語無倫次。回家途中，母親驕傲地朝我說：「你姨丈最看重會讀書的孩子。」

小時候，最怕去給姨丈看病。愛臉的年紀，光想著免費佔人便宜，就百般彆扭。到了醫院，母親看似幹練的在居處和診間四處穿梭打招呼，其實是在伺機行動。她眼觀四面、耳聽八方，往往就在兩號病患前後交接、姨丈起身上洗手間的空檔，便眼明手快地推著彆彆扭扭的我閃電就座。等姨丈回來，看到落座的我，依然是標準句：「安怎？」然後，母親言簡意賅陳述病情，外加簡單的寒暄，我則模仿姨丈不開金口以掩飾內心的忐忑。等候拿藥的時刻最為難捱，勢利的藥局生刻意延捱著，讓我們鵠候多時。有時等得實在久，我不耐煩了，低聲吵著：「不要拿藥啦，我們走啦！我的病好了啦！免吃藥了。」媽媽卻只顧威嚇我，頂多也只敢掛上討好的笑容到小窗口前，低下身子、斜歪著頭朝裡頭的藥局生謙卑地怯怯請問，那姿勢，是如此屈辱壓抑，讓人難以忘懷。當時，小小年紀的我冷眼旁觀，每回都猶如亂箭穿心。

醫生家庭，當然家境富裕。他們的孩子和我們家數目相似，年齡參差。母親在我小五時將我轉學到台中師範附小，他們家的其中三個孩子都正好和我同校，有一位甚至還恰恰就跟我同年，雖然隔壁班，卻老死不相往來。他們坐著專用家庭三輪車上學，我則搭乘公路局班車，再徒步到校。中午，偶或經過校門，看到他們家三個白皙的孩子在校門口鵠候車伕送來熱騰騰的便當，我總刻意目不斜視、低頭快步走過，抵死不打招呼，內心裡埋藏著弱勢者的悲傷。明明白白知道我們是兩個世界裡的人，他們是高門裡的王子、公主，傭人、司機環繞。我想像他們的便當裡是油亮亮的雞腿，便當外是香噴噴的蘋果；而我，雖然站在升旗台上昂首神氣地指揮，功課一級棒；但是，寒酸的便當裡有的只是蒸過後顏色慘綠的青菜，外加幾塊薄薄的蘿蔔炒蛋。更傷心的是，進到他們家的醫院，儼然就是沒有付錢看病、接受施捨的窮光蛋，是窄門深巷裡永遠沒有希望的灰姑娘。那種鬱卒，折磨著幼小年紀的我，偏我體弱多病，三天兩頭得硬著頭皮到他們家報到，有時，我甚至寧可自己生病死掉還乾脆些。

年輕時的姨丈高大英挺，阿姨卻是出奇的矮小瘦弱，夫妻倆好像總有排解不完的糾葛，姨丈間歇地和年輕的小護士談著不倫的戀情，他們的婚姻中充滿不致滅頂卻險象環生的怨嗔。媽媽於是順理成章成了阿姨訴苦的對象。當兩個女人闢室密談教戰手冊時，我只能百無聊賴的枯坐一隅，面對窗口外的大片蔚藍天空，覺得地老天荒。

因為積欠太多人情，母親一逕謙卑。同樣出身的姊妹，忽然發展出貧富懸殊的境地，雖然姨媽一如年輕時的瑣碎、嘮叨，可是那樣的瑣碎經過門第的洗禮，翻成奇異的壓力。而想像的豪門起居，真正落實到現實裡，也有我所不能了解的困惑。看完病的午後，阿姨有時會留我們母女倆吃飯。那日，他們的孩子總是格外歡喜，因為我的母親會下廚做菜。成天被保母追著餵飯、看來極度厭食的孩子，對我媽的廚藝顯然滿懷信心。偶而，因為沒趕上做菜，母女倆直接登上餐桌前，說實話，連我對桌上的飲食都難以下箸。食材雖然不錯，吃起來卻詭異地毫無滋味，難怪每個孩子都對吃飯一事懨懨然，一副營養失調的模樣。記憶裡，姨丈極嗜吃豆腐，幾乎無一餐不有之；他奉行「An apple a day, keeps the doctor away.」的信條，飯後總見他拿著一顆紅蘋果，滿意地啃著。似乎一顆蘋果就彌補了他生活中所有的缺憾——明明依照醫學原理細心照顧的孩子偏偏蒼白羸弱；分明戀愛成婚，夫妻感情卻老不盡理想。

家家有本難念的經。做人的骨氣必得靠付出起碼的勞力或財力才能維持基本盤。那些年，我還經常看到母親從公教福利中心購買廉價的大批民生物資如牙膏、牙刷、毛巾、香皂……等，看病前或看病後，不動聲色地塞進姨媽家的櫥內，希望以蹇澀的回報弭平心裡的不安與壓力。一家九個兒女是媽媽的罩門，九個孩子輪流生病，她沒有好強的本錢。在形勢比人強下，語言潑辣、個性強悍的媽媽在姨媽面前卻總是俛首斂眉、輕聲細語，成了個我所不認識的人。

除了偶而即興表演做菜的本事，媽媽還經常被姨媽招去幫忙縫製衣服、窗帘、沙發椅套（天知道她是怎麼學會這些本領的！）只要姨媽開口，媽媽不但從來沒有拒絕過，而且幾乎是立刻放下手邊的工作，急慌慌奔赴。而我一肚子不合時宜，經常對母親的火速應召感到羞愧，甚至萌生莫名的憤恨。等到年紀較長，對人事稍有理解，才知母親勉力維持的施與受的平衡，是她和阿姨一世相交能至死方休的訣竅。母親沒有受過高深教育，不懂得古人「受人點滴，報以湧泉」的浪漫，她一生常掛在嘴邊的是更具庶民精神的「呷人一斤，至少著要還人四兩！」她無時無刻不把這四兩和一斤的重量掂在心底。「伊算是我們的救命恩人，你要一世人記咧。」的殷殷叮嚀，就是能力不達四兩卻想直追一斤的人際失衡憂心，註定她一世得躬身哈腰。

母親的手帕交，右二是外公最鍾愛的女兒——我的母親，瀏海遮額，楚楚可憐。

大學畢業後的第三年吧！我還在幼獅公司擔任編輯。那幾個表姊、表弟不是成了醫生，就是正就讀醫學院，唯一的遺憾是小女兒沒有習醫而念了當時有名的新娘私校。為了彌補缺憾，姨媽堅持她一定要嫁個醫生，將來翁婿兒女齊聚，開個綜合醫院。媒婆聞風而至，介紹了一位台大的醫生。年輕英俊的醫生，不知是內心另有所屬還是怎的，竟對我那位粉妝玉琢的表妹不甚青睞。當時，還不時興E-mail，情人間猶流行書信往返。志在必得的姨媽，於是轉而向母親求援，希望在親戚間略有文名的我伸出援手，幫忙寫幾封文情並茂的情書，看看能否扭轉乾坤。當母親轉達姨媽的請求時，我自然以「這無異詐騙集團行徑」一口回絕。沒料到母親居然大發雷霆，責備我忘恩負義，「拿筆對你來講，是極簡單的事情；這款人情你不肯做，是要叫我怎樣做人！」我苦笑以對，跟她解釋中文系其實沒有教人家寫情書，何況這是不道德的事。母親不管，她認定我拿蹺，接下來的好些個日子不言不語，跟我展開冷戰。「寫幾張信，又不是叫伊去殺人，有什麼不道德！哼！」我聽她背著我跟爸爸埋怨兒大不由娘，「呷人一世人的藥，只是叫伊幫忙寫幾張信有什麼為難！哼！……」不得已，我只好勉強應命。如今也想不起來究竟寫了多少信，總之，幾個月後，婚事忽然峰迴路轉，歡喜收尾，我全然不知是否拜文字之賜。

多少年後，台灣經濟起飛，我們的家境也隨之慢慢好轉。兄姊一個個成家立業後，母親開始在家裡過著悠閒的日子：喝咖啡、看電視、到處旅遊，成為孩子們極力孝敬的慈禧太后，她走路有風、話出如令。然而，不管環境如何變化、媽媽如何逐漸成為我們心中呵護備至的寶貝，上半輩子承受自姨媽家的恩惠是累代無法報償的。一年夏日，姨媽想是忘了我的母親業已老邁，不堪眼力太甚的工作，不能負荷長時間的體力付出，她錯認母親依然如年少時的幹練，依舊請她前去縫製沙發椅罩！

那幾日，母親早出晚歸，回家後，非但食不下嚥，甚至暈頭轉向地蹲在馬桶前乾嘔。我心疼不已，建議母親，乾脆買現成椅套贈送；或者由我花錢請專業人士代勞。母親期期以為不可，她說：「做人不可以這樣！不能用這樣無情理的方式對應，這分明故意要讓你姨媽難看了！她一向勤儉慣習，並不是慳吝，我們若是這樣做，怎對得起伊一向的照顧。」於是，她依然排除萬難，掛上老花眼鏡頭昏眼花地逐日完成。姨媽非常開心，逢人便誇耀母親的手藝，她不知道的是母親為此大病一場，躺在床上動彈不得約莫個把個月。稚齡時，倔強地坐在診療椅上為著自己的委屈緊閉雙唇的我，這才徹底了然當年母親揹著一個又一個小孩前去就醫時，內心所承受的壓力是何等的巨大。

前些年，姨媽、姨丈相繼過世，母親也跟著走了。醫院在表姊、表姊夫掌理下，可能因為面臨大型醫院的競爭，也或者醫術不再獨領風騷，好像已逐漸失去優勢，不再像昔日般的風光。然而，那段好似已然塵封多時的歲月，卻常常毫無預警地就在懷念母親的同時，躍上腦海。許多被我忽略的小細節，忽然煌煌地閃耀在我的腦海：不善言詞的姨丈總在診斷完畢後，輕輕地拍拍我的肩膀；姨媽常在我們窘迫等候取藥的當兒及時現身解困；表姊妹們在看到我們時，羞澀轉身的剎那，眼裡曾經閃現的光彩；還有，其後姨丈投資旅館業，將龐大的工程交付父親管理的全然信任……啊！原來當年因為自卑作祟，我見到的只是自己的傷口，想到的只是母親的委屈，完全來不及靜下心來觀看廣闊的世界，咀嚼複雜、細緻的人際關係。如今總算能夠豁達面對心裡居住的自卑小鬼，人生途程中的諸多遺憾和創傷也有了不同的解讀方式。然而，每每思想起當年母親彎腰、微側著頭面對那個取藥的小窗口時的背影，卻還是常常被招得眼紅鼻酸！

——原載二〇一〇年九月十二日《聯合報》副刊

我的媽媽嫁兒子

那年，鄉下的堂哥病逝，母親扶病前往弔唁。浩大的排場過後，大夥兒聚坐吃散筵。我陪坐一旁，幫母親添飯布菜。同桌俱是母親的晚輩，對她執禮甚恭。母親座位的另一邊，是一位看來年紀不下於她的長者，用著低沉的聲音和母親切切說著些什麼，散筵吃到尾聲時，他忽然激動地從口袋裡掏出一個紅包來遞給母親，母親推拒著，不肯拿。那人情辭懇切、幾近哀求地說：

「請汝一定要收起來，我這陣比較做得到，阮的幾個囝仔攏在賺錢了！汝如果不肯拿，我心肝會極艱苦咧！」

母親也非常堅持，不停地重複著：

「汝免這樣客氣！汝生活快活，我就極歡喜了！」

看我露出狐疑的表情，母親為我介紹：

「這是伝駝仔伯的細漢後生，汝要叫阿坡仔兄。」

母親回頭跟男人說：

「這是我的細漢查某囡，極大漢時，才會走路的那個。」

那男人一聽說，慌忙搖手說：

「毋免！毋免！叫我阿坡就好！伝媽媽自少年就極照顧我，是我一生的恩人。這只是一點點的意思，汝就勸伊收起來，這樣，塞來塞去，歹看啦！」

紅包最終是收了？還是沒收？至今記憶已然模糊。只記得阿坡仔兄用親切的語氣跟我說：

「以前，汝不會走路，常常坐在車衫的車仔上，看伝阿母做衫，極乖咧！我每次轉去舊厝，你的嘴極甜，常常阿坡仔兄、阿坡仔兄一直叫。」

時光忽然被拉回到古早的歲月，因為不知如何應答，我感覺有些不自在，只能咧著嘴傻笑。

駝仔伯，我是還留有印象的，他的大兒子阿城我也還記憶深刻，甚至後來阿城娶的媳婦阿蔭仔嫂及他們的三個小女孩都還記得。至於什麼時候冒出這位阿坡，我是完全茫昧無知的。小學那年，我們從鄉下老家搬到較熱鬧的小鎮後，駝仔伯還常來探望母親；幾年後，就聽說他積勞成疾過世。駝仔伯往生時，我約莫正上初中，已經不再是懵懵懂懂的孩童，偶而會從父母的交談中爬梳一些人際。印象裡，駝仔伯過世前就將之前攢下來的少許存款，拜託媽媽保管。因為阿城和太太阿蔭都是不善營生的人，駝仔伯唯恐他們三兩下就花光積蓄，所以，請託母親代為保管，加以節制。阿城每回拿錢，都需要出示正當需求才能過關。當時，我就覺得媽媽好有權威，可以主宰別人取用明明是屬於他自己的錢財。何況，阿城還比媽媽多了兩歲，卻得怯生生地來跟母親申請經費；在我的理解裡，母親應該是一位極受信任的人，否則，誰放心把錢交給別人保管。

當時，鎮上另有一位叫阿桃的遠房親戚，成天懷疑那位被她招贅進來的先生有外遇，先生常因此不耐煩地拳腳相加。她不時來跟母親哭訴，大多午飯後就來，直說到天黑。之所以給我留下深刻印象，主要是只要她一來，就意味著那天的晚餐要延遲了。餓肚子的難受，讓我很討厭她的到來。我曾經幾次聽她鉅細靡遺且幾近歇斯底里地談論有關先生外遇的蛛絲馬跡，發現每回的證據力都相當薄弱，覺得她小題大作。奇怪的是，平常對我們很沒耐心的母親卻都不厭其煩的加以安慰開導。這些大同小異的故事聽了幾次下來，我倒開始同情起那位一直無緣識荊的先生了！也因為她懷疑先生不老實，便把存款放在母親這裡，以防不小心被先生掏空。母親像是可靠的銀行，被寄託著百分百的信任，隨時有人來開戶，隨時得準備著應付客戶

媽媽趕工給被招贅的阿坡兄做西裝、備嫁妝。

們提領他們存放的財產。

以前，我老是因為跟母親的默契不足挨打，直覺母親做事俐落，反應靈敏，絕對是個凶悍潑辣的厲害腳色。那回喪禮過後回到家，母親猶然叨叨敘說著過往，我這才略窺她溫柔的另一面，真正對母親開始刮目相看。

駝仔伯是我們廖家的佃農。他的太太早死，一個大男人帶著兩個稚齡的兒子流浪來到我們村子。祖父憐惜他，給他一塊地耕，他便成了我們家的佃農。一開始住在我們四合院內的雜物間；三七五減租後，農地放領，他們才在屬於他們的土地上蓋起一幢簡單的小茅屋。母親嫁過來時，年方十四，和駝仔伯的二兒子阿坡同年。駝仔伯雖然有了耕地，卻因為沒有錢買肥料，農作物的收成很不理想。所以，除了耕種外，駝仔伯偶而還兼做奇怪的副業：幫忙處理夭折孩子的屍體。

往往天濛濛亮，他便徒步到喪家，用草蓆裹住死去的嬰兒或小孩，連同祭拜的糕果，一起擔著到山上，就地埋葬。燒過紙錢，從山上下來時，村子裡的孩子看到駝仔伯遠遠的身影，便雀躍地奔向前去迎接。有的幫忙提鋤頭，有的接過扁擔，好不熱絡！其實，醉翁之意不在酒，而志在那些祭拜過後的糕果。駝仔伯雖然日子過得貧困，卻一點也不小器。一回到家，孩子們便攤開剛剛才包裹過死人的草蓆，一點忌諱也沒有的在上面排排坐，等著老人家均分祭品，津津有味地吃將起來。清貧的年代，孩童們還來不及認識死亡，先就迎向了現實的蹇澀，糕果的吸引，遠勝對死亡的畏懼。我那三歲即不幸溺斃的小妹，因為年紀太小，依鄉下習俗，不能舉行喪葬儀式，也是一大早讓駝仔伯帶到山上埋葬的。我至今還記得駝仔伯擔起木頭盒子內的小妹，走向微雨的山頭前，怎樣向眼淚落個不停的母親再三保證會設法找個好所在，讓小妹落土為安。

容或如此，駝仔伯的一家人還是有一餐、沒一頓的，難以維生。母親常常接濟，或餽贈自種的蔬果，或乾脆送去煮好的飯菜，但總也不是長久之計。不得已，阿坡只好聽從媒妁之言，讓人招贅。村子裡的人都說我母親將阿坡當作兒子「嫁出去」了！兩人雖然同樣是二十餘歲，但是，身分不同，少東夫人形同家長。據母親說：

「伊實在真可憐！厝內啥米攏無！

爸爸煩惱阿坡將過苦日子，難過得哭了！

欲去給人招，連一領可看的衫也無。我只好趕工給伊車一套西裝、幾領衫和內衫、內褲，款（打包）一個皮箱給伊帶去！」

然後，阿坡便由我父親領著，送到更加偏僻、陡峭的山坳裡去。到了山上才知道，那戶人家同樣耕著幾畝貧瘠的田地，生活也很艱難。他們花少少的聘金把阿坡招贅過去，實指望多了一口男丁可以幫忙耕作。我父親眼見那戶人家家徒四壁，估量阿坡不但不會有比較好的日子過，恐怕是要更吃苦了。因此，循著原路回家時，心裡萬般不捨，難過得好像自己做錯事似的。回家後，和母親說著、說著，兩人都哭了！

母親謝世後，跟母親最親近的堂嫂，在一次的聚會中，又為我補足了母親敘述時的留白，讓我像拼圖般，陸續拾起板塊，漸次拼湊出較為完整的母親圖像。

堂嫂說，其後，阿坡偶或回來，形銷骨立，母親總不捨地送去幾道菜或殺一隻雞給他補一補；聽說阿坡工作繁重，連生病也不得休息，還得勉力下田插秧或清晨即起採筍，更是紅了眼眶。有時，不知如何幫助他，便硬擠出一些錢來，買些日常的牙刷、牙膏或毛巾，塞進他的袋子內；或讓他帶些自家母雞生的雞蛋回去，聊表心意，這也許可以說明阿坡那日何以硬要送紅包給母親的原因吧。

繼駝仔伯仙去後，阿蔭嫂也接著棄世。阿城像是複製他父親的生命般，獨自撫養三個女兒長大。最後，實在無力負擔，三個女兒都在十四、五歲便提了兩口皮箱，跟著老兵走了！阿城與其說是嫁女兒，毋寧說是賣女兒更接近事實。而三個女兒的六口皮箱內的東西，據堂嫂的說法：「攏是五嬸婆給伊準備的。」她口中的五嬸婆，就是我那堅苦卓絕的母親。那時節，家家戶戶都窮，我母親靠著父親一份基層公務員的死薪水，得養活九個黃口小兒。不知她是怎樣的神通廣大，還能接下這些額外的重擔！接近九十歲的堂嫂在母親過世後的一個午後，幽幽地回顧：

「恁老母一生幫助過極多人，別的先不說，駝仔伯一家人受恁老母的照顧實在太多了，莫怪阿坡到這陣還思思念念，不敢放袂記得。」

母親的勇於任事，在那樣的年代中，即使是男人，恐怕也難以望其項背。她沒有受過多少正規教育，又因很早投入婚姻，也缺乏社會歷練。可是，她卻充滿愛心，膽識俱足。除了「天縱英明」外，我真不知道還能有什麼更適當的說辭了。

——原載二〇一一年元月《聯合報》副刊

母親的憂懼

母親過世前一年，和外傭征戰不休。一回，為了浴室裡的浴簾沒有及時拉開並上翻搭上掛桿，大發雷霆。那段時間裡，我們為了她和外傭之間的磨合，心力交瘁。電話裡，母親投訴的聲音又快又急：「我叫伊洗完身軀、等卡電（「浴簾」的日語發音）晾乾後，要拉向兩邊而且攀上桿子，不要遮住浴盆，伊就死嘛不肯！強強跟我作對，根本無把我看在眼內。」

我請外傭來聽電話，年輕的外傭在電話那頭哽咽失聲，說阿嬤好難伺候，當她把浴簾撈起倒掛時，罵她：「還沒全乾，汝是要讓它生菇（長霉）是嘸？」當她謹慎地等候浴簾晾乾，正要去處理時，阿嬤已先她一步發現，又罵她：

「你係安怎！不甘願是嘿！抑是故意的！叫汝拉開、攀上去，汝就是不肯！汝敢有把我放在眼內。」

聽起來是兩人節奏不同所衍生的誤會。母親一向心急，腦筋轉得快，小時候我也老為類似的問題惹得母親大為光火。她的反應總是比別人快上幾拍，即使手腳不靈光了，心思依舊快捷，你就算死命追，也還是就差她那麼一截。從小讓她訓練著長大的子女猶且常常挨罵，就何況新來乍到且語言運用仍不甚通暢的外傭了。面對類似的一樁樁難以排解的衝突，我只好盡可能以溫言兩面安撫。然而，不解的是母親何以必須大費周章將晾乾的浴簾拉開再將尾端拋上桿子上，難道讓簾子自然垂掛著晾乾就不行？我問。母親始則含糊其詞，其後才囁嚅道：

「無把卡電（浴簾）攏總拉開，哪知內底有藏啥米人沒？」

「會藏著什麼人呢？」我問。

「啥人知！電視上不是常常看到殺人犯都藏在卡電後面嗎？」

這樣的回答，笑倒了一干人等。大夥兒都說：「媽！你想太多了啦！電視演的，哪能當真？」

媽媽回答得有哲理：「有人演，就表示有人經歷過，我們就要卡細膩（小心）一點咧。」

因為理由太荒唐，大家都沒往心上放，這場哭鬧風暴就跟其他雜七雜八的問題同樣逐漸褪隱成為一則不堪的歷史。

其後，我把母親接到台北同居，慢慢才覺得有些不對勁。她老耽心有小偷入侵，三不五時跑去查看大門有沒有鎖上。尤其午睡時分，常常動不動就又聽到有人在敲門鎖或後陽台好像有什麼動靜，非常沒有安全感，總要我再三保證門戶百分之百安全才半信半疑地去午休。睡覺時，又不停抱怨房裡的冷氣發出蟲叫的聲音。什麼蟲？「大蚓仔（蚯蚓）。」怎麼會？於是，我們進到她房裡等候她說的「大蚓仔」說話或唱歌，卻什麼聲音都沒聽到！媽媽不高興：「恁係臭耳聾嘿！哪會攏聽無！聲音這麼大。」外子和我面面相覷，無計可施，只好訕訕然離開。

其後，母親的行為越來越奇怪。一起坐著聊天，她不時地提醒我去洗把臉：「你的嘴唇面頂都生嘴鬚囉！污污一條，親像查甫郎！也不去洗洗咧。」

起初，我還乖乖地去胡亂洗把臉，幾次下來，不免在鏡子前仔細打量起來。挺乾淨的啊！哪有什麼鬍子。會不會是洗手間光線暗，看不清楚？為了確認，還站到亮處，齜牙咧嘴讓家裡其他人幫忙檢查，都說沒有。媽媽又生氣了！「這麼明顯的嘴鬚，恁大家哪會攏無看到？實在有夠枉然！恁的目睭比我這個老夥仔還要差！係安怎？去給蛤仔肉糊到是嘿！」總之，母親來了之後，我們這些兒孫的眼睛都青瞑

（瞎）了，耳朵也都聾了，媽媽看到、聽到的東西，我們都看不明、也聽不清。

這當然是明顯的徵候！我們警覺到母親身體狀況出了問題，連哄帶騙，領著她到醫院。醫生問診過後，籠統判定是幻聽症狀，罪魁禍首可能是長期吃著的安眠藥。元兇是安眠藥？我滿腹狐疑，那款安眠藥母親已經吃成習慣了，怎會！母親倒是寧可相信的，她怪罪安眠藥，從此不再注意我的嘴鬚，只遵從醫生指示認真吃藥。我不確知是藥物奏效，抑或母親好強的個性讓她從此緘默不語。因為有人告訴她，失智老人的徵候之一就是幻聽、妄想，也許她不想讓自己變成失智的嫌疑犯？

父親於民國八十年往生，當時民眾普遍對老人失智的理解不足，父親的某些行為讓照料他的母親吃足了苦頭：譬如，終夜不眠、詞鋒銳利的罵人，次日清晨倦極而眠，午後醒轉，卻又恢復正常，對前日發出的詬責毫無印象；或是突然茫昧昏聵、不識自家兒女；或是無預警的私自出門去遠地尋親，終至迷途不返⋯⋯凡此都讓母親驚駭莫名，疲於奔命，甚至其後不時引以為戒。年紀大了以後，只要稍有遺忘，如皮包不知置放何處、眼鏡不知遺落何方或重複買了昨日已經買過的青菜⋯⋯等，她立刻懷疑自己是否已然罹患了癡呆症候而驚慌不已，唯恐因此增添兒女們照顧時的困擾。雖然我再三陳辭：「那有什麼好擔心的，我成天找眼鏡、手錶；不時把存著ｐｐｔ檔案的小磁碟遺落演講場合；常常勞駕學生送回遺忘在教室裡的外套。你才忘記一下，不算什麼！稀鬆平常的事，跟老人癡呆症還差得遠。」然而，我的安慰之辭一點不管用，我的糊塗是打小知名的，而她從來精明幹練、記憶力驚人，所以，偶一忘之，便覺不尋常至極。幸而，據我們縝密的觀察，母親至亡故之前都神智清朗、有條不紊，她最憂慮的失智症始終被她頑強的拒於門外。

診斷出幻聽的八個月後，母親往生。母親過世之前，我已將老家買下，讓母親實現生前將遺產分贈兒女的心願。母親走後，為了滿園的花草，我每隔一段時間便回去一趟，清掃屋子、澆花拔草。

沒有了母親的房子顯得冷清，院子裡的花草扶疏，靜默無語，只有蓮花池中的噴水流動的聲音在漆黑中規則地發出「嘩嘩」聲。夜裡熄了燈、關上門忽然覺得草木皆兵，每一叢花裡，好像都藏著什麼似的，十分恐怖。院子的圍牆低低的，若真有小偷覬覦，一翻就能進到院內；大片玻璃門也沒有加裝鐵捲門，要入侵屋子，真是易如反掌！往日回到老家，母親總是順勢招來一大掛人馬，熱熱鬧鬧的，我們從沒思考過這些安全問題；直到此刻，身歷其境才知母親的憂懼其來有自。我覺得內疚極了，這些年來獨居的母親是如何克服恐懼的？或者說，她又是懷抱著怎樣的心情度過一個個危機四伏的漫漫長夜的？母親的幻聽妄想，哪裡是安眠藥的後遺症！追本溯源，應該源自於內心的恐慌吧！

有了這樣的體會，母親臨終前的一些奇怪的行為忽然都得到了答案。

上了八十歲以後，母親體力明顯不如以往，卻無論如何不肯去跟兒女同居。分散各地的子女雖然都力邀她同住，母親卻以滿園花草無人照看為由加以婉拒。偶而興起去與兄嫂同居的念頭，行李整理一大箱，去了沒幾天，便負氣回來，幾乎沒有一次例外。母親生性倔強好強，絕不肯受一點委屈，偏她敏感、機靈，常常過度解讀晚輩語言中的弦外之音，鑽牛角尖到幾近自尋煩惱的地步，可也沒法子，她是一點小小的委屈都不肯受的。於是，一句無關緊要的話，就能讓她不顧一切的扭頭就走，不顧晚輩的解釋或苦苦哀求。於是，任性的選擇獨居便成為必然的結局。

晚年的媽媽得了恐慌症，不時擔心這、擔心那。

那些時日的母親真是倔強得可以。明明日子過得膽顫心驚，卻驕傲地不肯屈服。她逐漸委頓的徵候，常常被我們簡單化約為老人家必然的返老還童。現在回想起來，兒女們真是愚妄自大。剛開始，回去探望她時，意外發現一向門戶洞開的透天厝，大門開始深鎖；其次，十分怕熱的她，竟將兩層樓的門窗關得緊緊的，即使大汗淋漓也在所不惜。接著，發現客廳右邊倚著窗口放置的工作桌，電話機竟然擱在拐手的左邊，我勸她放到右邊以方便右手接電話，同時也讓桌面顯得寬敞些。她不依，這種堅持也頗不尋常，完全不符她一貫務求順手的擺設原則，然而她死命堅持。問多了，她不耐煩地回說：「汝知道甚麼！萬一電話鈴聲響起來，外面的賊仔聽到，打破窗子伸手進來接電話，係要安怎！驚嘛驚死！」小偷還幫忙接電話？大夥兒又笑成一團，說媽媽真是杞人憂天啊！

其後，鄰居的龔媽媽搬去和兒女同居，捨不得久居的屋子拱手讓給陌生人，問母親是否有意願承接，我們便順勢買了下來。依我浪漫的想法，是將兩屋之間的圍牆打掉，將龔媽媽的老舊房舍夷為平地，種上草皮，植上綠樹紅花，讓四季充滿粉紅駭綠，母親因之可以擁有更寬廣的活動空間；何況，將來我們年紀大了，告老還鄉，有個桃花源般的居所，也是挺讓人神往的。沒料到母親大為反對，明裡的理由是：

「買厝花了那麼多錢，當然應該把厝租出去，收一點兒厝租。不要浪費！」

但有意無意間透漏了更直接的擔心：「萬一賊仔藏在樹仔上或花叢中間，半暝跑出來，是要安怎！」

因為前述兩個理由，我們摧毀房舍、建造桃花源的計畫遂告無疾而終。當時，粗心的我只覺悵悵然，竟都沒有去思考向來勇毅的母親不是天不怕、地不怕的嗎？怎麼會變成這般膽小！如今，才知身為晚輩的我們是如何的無知！關於老人的處境或心情，我們的了解何其表象！我們的處置又是何等的草率粗疏！

母親的生前的憂懼，無論失智的疑懼或危機重重的憂心，看似都隨風飄逝了；然而，每回想一次，我總又多發現一些當年處置不當之處，恨不能起母親於地下，讓人生重新走上一遭，那時候，我肯定知道如何多加體貼老人家，讓母親更能感受我對她的愛。可惜，一切都遲了！

——原載二〇一一年元月十二日《人間福報》副刊

母親的帳本

母親習慣記帳，她的帳本，明裡一本，暗裡一本，無論明暗，一點都不含糊。

自小，我就見母親用著奇異的方式記帳，國字、日文兼只有她自己才看得懂的圖形。早年的帳本記得較為仔細，譬如買菜、豬肉、魚和雞蛋，是分開處理的；其後這些東西就經常被歸類進「買菜」裡，不再分出細目；兒女送的禮金，以前記錄分明，母親節或生日餽贈及提供的生活費有條不紊，後來也只記下兒女姓名，統稱「禮金」。雖然記錄日漸清簡，卻仍歷歷分明，絲毫不馬虎。約莫八十歲以後，我常看她搔首踟躕，為著收支無法平衡傷透腦筋。我便建議她不必如此嚴格，又沒有人查帳，不過約略知道金錢的流向，收支不平衡誰會找她麻煩！她豁然開朗，笑說：

「是哦！如果收入不夠，也無人會補給我；支出超過，也無人會來討，我哪著要這麼辛苦！真正是憨到不會扒癢！」

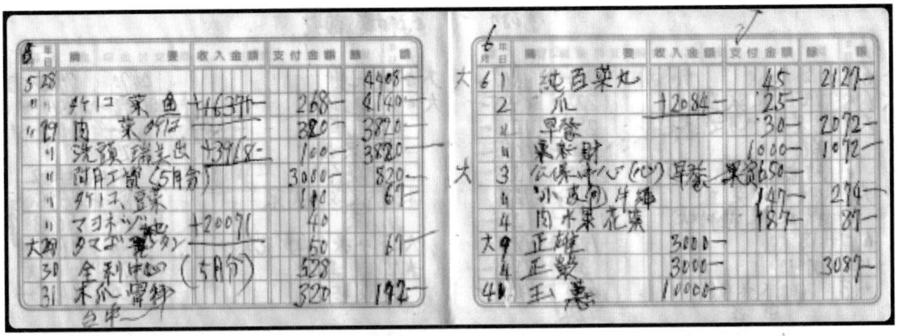

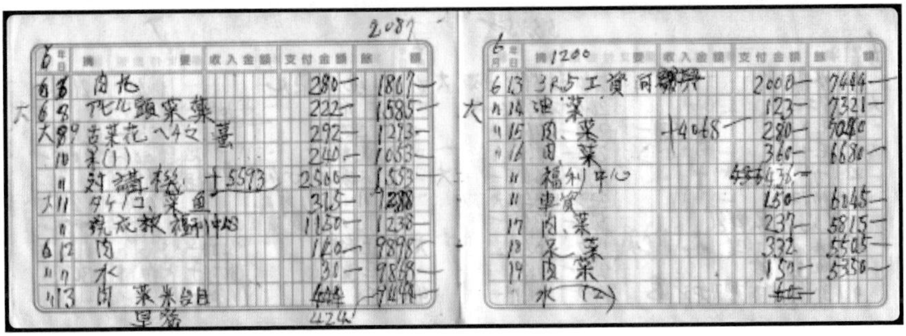

1 媽媽的帳簿，裡頭記滿了人情世故。

2 媽媽的帳簿，日文、國字交雜，記的無非柴米油鹽醬醋茶。

1

2

從那之後，她接受建議，不再錙銖必較，省卻她好多煩惱。

這些明明白白的帳簿，記錄了她一生的人情世事，用處可謂大矣！只要有人發帖子來，不管入厝、嫁女兒、生日宴會或小孩彌月，她都要拿舊帳本參考斟酌禮金多寡，務求不失禮，也別太吃虧。有一回，接到帖子後，她抱怨著：

「某某人已經連著五年發了七張嫁女兒的帖仔，這回竟然入厝也還送帖仔過來，真正是無斟酌！極無理咧！」

我建議她：

「那就別包禮過去！假裝沒收到。像這種無理的人，根本是打秋風、存心賺錢嘛！」

然而，說歸說，心裡儘管不服，她仍舊禮數周到，母親的金錢觀跟曹操的處世哲學相反：「寧人負我，我不負人」。

另外，帳本還能幫忙釐清許多模糊不清的記憶。有一年，姊姊和姊夫吵架，不知怎的，姊夫竟然吃飛醋，生氣地說：

「每個女婿過整壽，媽媽都禮數周到地送東送西，我隻身來台，無依無靠，七十大壽，你們娘家居然大小眼，都不曾有過任何表示，真是讓人灰心！」

母親聽說了，大為驚疑，立刻翻出抽屜深處的帳冊，發現帳本中明列了「某某禮物：金飾一條，外套一件」，證據會說話。這個法寶逼得姊夫從此再也不敢無憑無據發牢騷，顯見帳簿的最大作用還真是用來翻舊帳的。

母親記帳時的神情頗為專注，像小朋友做功課一樣。不會寫的字，總會另外取一張紙，請我們寫在紙上，她再依樣畫葫蘆地抄進帳本裡。有時我圖方便，想直接幫她寫進帳簿中，她總會婉拒。說：

「這樣，我永遠也學未曉。你寫在紙上，我可以趁機會再練習一遍。」

有趣的是，雞蛋的「雞」字，她老寫不好。有幾次幾乎完全對了，隔一陣子回家，又發現她筆畫亂了，或多一撇或少一橫，或筆畫糾纏，卻仍可識別出雞字的大致模樣。

母親的帳簿裡，滿布歲月的痕跡，是整個大時代的小縮影。裡頭有物價的漲跌、有人情關係的綿密鬆弛、有小家庭經濟的寬裕與拮据，更具體留下家人的健康指數及兒女的關懷照應⋯⋯。

母親年邁後，成天跟我們討論身後事，毫無忌諱。我只跟她要求一份紀念物，就是她的帳簿。母親笑說：

「你係要檢查我有偷藏私房錢是麼！要帳簿有什麼祿用？」

我跟她開玩笑，說我要用來寫作學術論文。研究什麼？她當真了，問我。我一時答不出來，瞎掰：

「研究恁古早人怎樣用很少的錢飼大一群囝仔。」

媽媽忽然一派正經地朝我說：

「有時陣，我想起來也正經真佩服我自己！彼當年，恁爸一個公務人員才賺多少，一家口九個囝仔，大嘴開開的，攏真會吃的年紀，我飼鵝、飼豬又種菜，無閒到差一點乎鬼抓去，也無法度，只能硬做落去，暗暝歸身軀瘦到要死去也只好忍耐。……當時，一粒雞蛋才……」

母親當真以為我要以此作為論文題材，便知無不言、言無不盡的為我解說物價和學費的比例。說著、說著，還認真的搬出古早前的帳簿作為佐證，我因之對父母的辛勤持家，多了幾分理解。

母親暗裡還有一本帳簿，這本帳簿說來可就更複雜了。這本心中的帳簿裡，愛恨交織。母親最喜看瓊瑤小說及民視、三立的台語連續劇。劇本裡所透露的生命情調，她一概照單全收。誰在什麼時候做出對不起誰的事，她總記得牢牢的。尤其是晚輩們的不當言論，她不但記得牢，還經常拿出來複習再三。她愛恨分明，跟電視劇的角色一樣：不聽解釋，不受影響，是死硬派，沒有人能左右她的想法。她的記性又奇佳，所以，我們跟她說話都得步步為營，否則，一旦說錯了話或行為稍有差

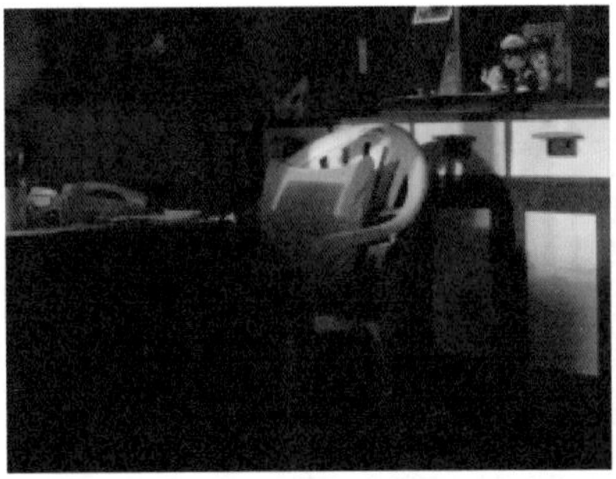

3 母親心裡另有一本帳，這是大哥折價賣給她的辦公桌。

4 這是二哥送給媽媽的一套石桌、石椅，母親經常拿來作正面教材。

3	4

池，被她抓住了把柄，就像被鐫刻了似的，永遠無法翻案。譬如：四十年前，大哥經營的餐館關門大吉，曾經將店裡的辦公桌、餐桌和冷氣折價賣給母親，母親一直到很老了，都還牢記不忘大哥的小器。一談起往事，就取出來複習一番：

「恁大兄極芭樂屎（吝嗇）！連不要的舊朽臭的家具攏要我用錢給伊買！」

當然！在講這話的同時，必有映襯事件隨後出來：

「恁二兄做人就極慷慨！幾十年前，一套十幾萬的石桌、石椅送轉來給我，目睭連眨一下都無！兩人攏係我生的，性情完全無共款。」

父親在世時，常常喜歡大聲吹牛，說他如何神勇，這時，只要母親一句冷冷的：「是啊！連綳膨椅（修理沙發）汝嘛會曉！」父親立時搔首閉嘴、訕訕然走開。因為年輕時的父親一度曾吹牛修理沙發有甚麼難！雕蟲小技而已；結果不堪母親冷嘲熱諷，真的付諸行動。沒料到將沙發拆開後，從冬天一直修理到夏天都沒成功。從那之後，修理沙發的事便成為父親的罩門，永世不得超生。

兒子大學畢業那年，曾在印度被騙花大錢買了一批劣質珠寶，我們都避談此事，惟恐傷他自尊；只有外婆最神勇，每回新聞裡有詐騙集團的報導，她必那壺不開提那壺地提出孫子那批假珠寶來並論，還援引他人之說以佐證：

「我只把這件代誌講一半兒而已，阿珍仔就攏知道乎人騙去囉！無睬伊堂堂一個國立大學的大學生⋯⋯」

阿珍仔是我們的一位鄉下不識字的親戚，傻傻的，看起來什麼都不懂。母親的言下之意當然是說兒子少不更事，連不識字的鄉下文盲都知道的事，他竟然上當！兒子雖然恨得牙癢癢的，卻也無可奈何，只能駭笑著說：

「阿嬤！莫擱講了啦！其實，也無乎人騙去，只是無賺錢而已啦⋯⋯」

一回，女兒戴手套幫她洗碗，阿嬤大為駭異，引為奇談。其後十幾年內，只要有人說到小孩幫忙做家事，她一定不會漏報這條新聞，並加評析：

「阮含文洗一個碗竟然去戴手套！汝敢會相信？戴手套洗碗哪會洗清氣（乾淨）！這陣的囝仔不知在想啥米！」

一聽這話，女兒總撒嬌回道：

「阿嬤！汝又擱來囉！一生也才一次而已，汝四界去講乎別人聽，萬一以後我嫁不出去，汝就要飼我一世人哦！」

因為當事人的抗議撒嬌，她可能忍一陣子不提，但沒隔多久，又會像錄音機一樣重複又重複播放。

另外，她性子急，對慢吞吞或漫不經心的人最為反感。有一年她的生日，慶賀過後的次日，大嫂才奉上禮金。她大表不滿，說哪有人「過年才賣曆日（日曆）」！不但當場發飆，而且其後數十年引為負面案例，教導後輩子孫莫要重蹈。大嫂的這個小缺失遂為眾人所熟知，甚至將永垂不朽。

當然記住的不只恨事，別人對她的好，她也常掛在嘴上。長年免費為她的兒女們看病的阿姨和姨丈，她可是念茲在茲地提醒我們不可忘記恩德，「吃人一斤，至少還人四兩」成為她的口頭禪；外子體貼侍奉她的一舉一動，她總是一再跟家人及外人張揚：「實在是極感心咧！」鄰里之間，幾乎無人不知！有時我跟她邀功，說：

「我不是也很孝順，幹嘛只提他！」

她一定鄭重其事跟我說：

「汝友孝是應當的，伊不共款，以後，汝就要對伊卡好一點。無人對丈母這麼好的，⋯⋯汝要珍惜、要感恩。」

不只是私人恩怨，連國家大事，她都能斬釘截鐵的說出個立場來。晚年，正值藍綠大鬥法，她自承吃國民黨奶水長大的，在兒女們紛紛徘徊游移或琵琶別抱之際，她立刻從儲藏間找出一面連戰頒發的金箔鏤刻的資深黨員獎牌，高高掛在牆面上，誓師似的宣示堅貞的黨員立場；讓人感動的是國民黨也真是挺她，即使她逝世已屆四年，都沒忘記她，不管我如何去電說明母親已經亡故多時，他們還是深情地不時寄信給她，或催促她去選舉，或祝賀她重陽節快樂！

無論實質的數字帳簿或心裡的那本恩怨帳本，母親一逕斬釘截鐵的分明，跟她一向處事的俐落原則毫無二致。她的人生，歸結起來，就是一本秩序井然的帳本，一絲不苟，恩怨分明。然而，再是嚴明的紀律，再是執拗講究，一切終歸塵土，人生想來真是讓人惆悵啊！

——原載二〇一一年《印刻文學生活誌》二月號

母親哭了！

一向好強的母親，忽然在黃昏的回憶中哭了，眼淚順著多皺的雙頰汨汨流下，少見母親流淚的我一下子慌了手腳。母親說：

「極可憐哪！阮阿爹，我都還未赴給伊友孝到，伊就去了。伊極疼我的，自從我十五歲出嫁了後，伊常常去豐原車頭拜託坐車到潭子的熟悉人帶錢、帶物件來給我，恐驚我嫁去村莊，歹過日子。我一日到闇無閑一家伙的生活，竟然都未曾好好友孝他。人生實在過得真糊塗啊！」

八十六歲的母親，經歷了一場在加護病房內和死神拔河的人生大風暴後，身體變得虛弱，心理因之變得多感。母親哭了！坐在夕日餘暉中，為著七十年前的往事，眼淚直直落了下來。

幾天之後，小哥前來探望，有一搭沒一搭地聊著，顯得心不在焉。走前欲言又止地向虛弱的母親求援：

「借給我五萬元好嗎？過幾天，有一筆錢匯進來，我就可以還你了，這是最後一次，真的。」

病弱的母親，嘆口氣，莫可奈何地取出存款簿，展示只剩七千多元的存款，說：

「就剩這些了，無錢囉！我老囉！無法度了。以後，汝就要自己想辦法囉！老母無法度給你靠一世人，知否！」

小哥不氣餒，看著一旁的外子，示意母親間接代借。對這般一再上演的歹戲，外子無奈，只好勉為其難。黃昏，下班回家的我，聽說了，心裡有氣，在客廳恨聲朝外子說：

「上星期不是才又借了三萬！三番兩次的，沒完沒了，真受不了。」

放下皮包，走進母親躺臥的內室，昏暗中，看見母親徐徐睜開眼睛，眼裡盡是淚水，像孩子似的，兩手拉著被沿，哀哀泣說：

「恁小哥借的錢，我會負責的，恁小哥再歹也是我生的囝仔。」

我聽著，辛酸難抑，柔聲回說：

「沒關係的，不會要您負責的，小哥再壞也是我的哥哥呀！」

那夜，夜深了，母親屋內的燈光猶然亮著。我進去一探究竟，只見母親躺在床上，睜著眼直望天花板，久久不闔眼。我坐到床沿，問母親怎麼不睡？母親用被子遮住發抖的唇，紅了眼眶，說她正思想著她的人生：

「一定是前世對人太刻薄，這世人才有永遠還不了的債！」

母親悲傷地推論著。我俯身擁抱，思及母親七十多年來懷抱的苦與承受的難，也靜靜地流下眼淚。

一個月後，母親往生。

——原載二〇〇七年九月十六日《人間福報》副刊

不能說的祕密

一直以為還有很多時間跟母親相處，因此，很多的事都來不及問。譬如：聽說常常來家裡的陳伯伯是母親的初戀情人，那麼，在各自男婚女嫁後，他們是用怎樣的心情來維繫超過半個世紀的交情？母親還愛著他麼？

陳伯伯約莫早母親半年仙逝，消息傳來時，母親才剛從醫院加護病房出來，為了怕她受刺激太深，我們並沒有即時告訴她，只等發喪前的一個午後，我才在閒聊中輕描淡寫的提起，母親沒有顯露特別的表情，看不出來她的心情是否起伏。我試探性地問她想不想回中部去送陳伯伯一程？母親別過臉去，看著窗外的天空，只說：

「我自身都難保了！敢有法度轉去台中？」

我不敢繼續問下去，只語帶保留地說：

「再看看吧！如果到時候，您的身體狀況好一些，我再開車送您回去，我也一

起去送陳伯伯一程。」

因為病情始終未見好轉，我們惟恐母親不堪舟車勞頓，所以，一個星期過後，母親終於還是在陳伯伯的喪禮中缺席了。那日，母親奄奄病臥床上一整天。

喪禮過後的一個午後，我推著母親外出散步。天空總是那麼藍，我懷疑台灣的冬天老是忘了季節的遞嬗。已經是初冬了，卻還是一派秋色！無論是早上抑或是午後，風一逕微微地拂面，陽光柔柔地從樹梢灑下，偶而落下幾張黃葉，在地上輕輕翻動著。我們在愛國西路上稍事休息，母親斜背著陽光坐在輪椅上，我逆光和她面對坐在行人道的木椅上，逐漸無語的母親一逕沉默著，我則挖空心思說話，想提起她的興致。

「媽！汝少女時一定很漂亮，否則，怎麼爸爸跟陳伯伯都搶著娶汝！」

陽光下，我看見媽媽蒼白的臉驀地有了血色。她虛弱地笑著，不改驕傲本色地回說：

「憨囝仔！這哪著問！當然水噹噹囉！我係竹圍內有名的美人哩。」

「現在汝老實跟我說，我不會笑你，到底當時你比較甲意誰？爸爸？還是陳伯伯？……我不會告訴別人啦，汝放心。」

媽媽微微笑起來，把臉朝另一邊偏過，用著幾近呢喃的聲音道：

「那陣，根本攏還是個囝仔，甚麼都不懂，哪知道那些。我阿爹說嫁誰就嫁誰！我也不敢反對。」

「這麼說，汝是比較甲意陳伯伯囉！」

「也無！汝莫黑白講！」

媽媽急了！聲音也高亢了起來。八十六歲的人，談起陳年往事，猶然有著少女的嬌羞。我想起父親過世後的十多年間，陳伯伯對母親的照應，包括偶而的造訪、經常的電話聊天，甚至是以自治會開會的名義邀約一群老友齊去旅行，作子女的我們，心裡感覺無限溫暖。爸爸仙逝已然十六年，如今，陳伯伯也死了，媽媽依然奮力和生活搏鬥著，歲月的無情，任誰想著都不免心驚。

我不由思想起四、五十年前，我還在上小學和中學的那段時光，他們三位老人家都正當盛年，陳伯伯年年參與議員的競選，父母夙夜匪懈的助選，陳伯伯的選情一逕告急，永遠介於吊車尾當選或高票落選間。以此之故，每隔幾年，生活便得經歷一次大震盪。當時年紀小，不諳世事，但對選情告急的焦慮可也感同身受。川流不息的人潮，進進出出，各項的選舉謀略在客廳裡暗暗發酵，事情往往緊急到連孩子在場都來不及迴避。開票日的黃昏，一翻兩瞪眼的時刻，欣喜或失落，全繫乎開票白紙上「正」字的多寡，連上帝都主宰不了。

平常的日子，陳伯伯也常來造訪。黃昏時候，我放學回家，只要看見一輛晶亮的黑色金龜車停駐門前，就知道是陳伯伯來了。陳伯伯顯然很喜歡我，高大個子的他，每看到我回來，立刻眼睛瞇成一彎下弦月，樂得嘴巴闔不攏，彎下身子，半真半假地朝我問：

「給阿伯作媳婦怎樣？」

我不理他，兀自扭著身子、嘛著嘴，說「討厭啦」！

星期天的早晨，他也來，停放在鳳凰木下的金龜車，常常被落下的豔紅花朵妝點得喜氣洋洋。客廳裡，大人聊天，小孩在屋外繞著金龜車好奇地端詳打探。那時節，天地靜美，連人情都顯純良。父親生性天真爛漫，也知陳伯伯提親在前，他締結婚約在後，然而，陳伯伯的時時造訪，看來並不困擾他，他一逕熱情接待，毫無芥蒂。而當時猶然稚齡的我，只歡喜自己得到陳伯伯的寵溺，並不知其所以然。直到後來，想起前塵往事，才恍然陳伯伯是愛屋及烏，眼神屢屢追索母親的背影，其間的奧妙、深情，原是他心頭一樁不能說的祕密。而立在鳳凰木下，母親和我一次又一次目送陳伯伯金龜車遠去的心情究竟如何，甜蜜？失落？惆悵？抑或只是尋常？母親內斂無言，別人自然無由知曉。

母親臨終前的聖誕節，陳伯伯的兒子寄來陳伯伯與母親及自治會委員的合照，這應該是他們最後的合照。前排左二是陳伯伯，前排右一是母親。

陳伯伯寄望我成為他家媳婦的心願，在陳大哥從荷蘭留學歸來並攜回美嬌娘後希望破滅，那陣子，陳伯伯眉頭深鎖，難掩失望，我則暗自竊笑老人家多事，都甚麼時代了，就算是通家之好，也沒道理像古人一般，威權地將兒女終身大事賠上！母親則務實許多，不知從何時開始，竟和陳家大女兒培養出革命情感，兩人交情甚篤，偶而和母親同去拜訪，常見二人促膝咬耳朵。印象裡，陳大姊彷彿常向母親請教馴夫策略。陳家姊夫開設婦產科，我們兄弟姊妹七人的子女十餘口統統由姊夫接生；非但如此，以母親豐沛的人脈，還為他們的婦產科招來許多待產的鄉親。她們倆幾乎無話不說，陳大姊不足為外人道的心事只跟母親說，她和母親的親暱，我懷疑更甚和她自己的母親；而母親介紹去的產婦，理所當然得到最周到的照看，產後立即有護士端上麻油雞或鮮魚湯伺候。

那日街頭聊過沒幾日，大嫂忽然從中部轉寄來一張聖誕賀卡，拆開信封，從裡頭掉出一張照片，是母親和幾位自治會幹部的合照，陳伯伯也端然在座，卡片是陳伯伯的兒子寄去老家給母親賀節的。母親從地上撿起照片，端詳半晌後，將照片置放桌上，一句話也沒說，逕自蹣跚走入內室，我也默不作聲，只望著她的背影沒入黑暗中，忽然無端鼻酸掉淚。陳大哥為何在他父親往生後寄來這張照片？廖、陳兩家尷尬的通家之好，是連子女都要為之惋惜的麼！陳大哥是因為知曉陳伯伯的心事才這麼做的嗎？抑或是陳伯伯臨終的交代？難道陳伯伯也將青梅竹馬的往事向子女和盤托出？陳伯母是怎麼看待這件事的？一直聽說陳家二老相處不睦，是因為母親的緣故嗎？雖說陳伯伯和母親兩人的交情已昇華為不染塵埃的純粹友情，然而，自己的丈夫至死懷抱著對初戀女子的戀慕，最親的女兒又近乎「開門揖盜」的親近丈夫的最愛，伯母的感受又該是何等的難堪！處境又是何等的艱難！

到底母親對陳伯伯的深情是如何看待的，我本以為這將隨著母親逐漸病弱無語成為終身不解的謎題。沒料到，到底母親還是在無意之中洩了底。

二月初，母親因為醫生開具的憂鬱症藥劑過量，陷入昏迷，送到台大急診室。又因醫生誤診為甲狀腺機能不足，連打了三劑類固醇而產生種種妄想，精神因之亢奮到無法遏抑，開始胡言亂語。她不停地跟陪病的親友說：

「大家都在傳說恁陳伯伯拿一百萬元到阮厝內跟我阿爹提親，其實是無影的代誌！伊哪有那麼多錢！」

「我差一點嫁給恁陳伯伯，阮阿爹為著這件事，將我軟禁極久。」

陷入狂亂境地的母親，不談子女，避說丈夫，心心念念的，竟是七十多年前那樁未遂的婚事。當年，任職客運公司的陳伯伯，曾請人至母親家提親，遭到外公婉拒，憤而負笈日本，父親才得以趁虛而入，這件事是一直到我婚後才從姨媽那兒得知的。母親或因禮教關係，從不言及此事，卻在神魂潰散之際，不小心透漏了魂牽夢縈的祕密，難道母親自始至終都未曾忘情這段兩小無猜的純純之愛？那麼，她又如何看待父親對她的愛呢？母親和父親半世紀的爭爭吵吵難道也都是陳伯伯的陰影所導致！其中的恩怨情仇，或許並不像表面上看到的那般風平浪靜亦未可知！想到這兒，我不禁要悚然嘆息了。

母親在陳伯伯仙逝半年後往生。我打了電話告知陳大姊，順便為母親生前因病未能前往弔唁致歉。陳大姊唏噓流涕，即刻趕往靈堂致哀，並堅持和我們幾個女兒一樣，在三七那日，置備祭品，行出嫁女兒的跪拜之禮，她語帶哽咽地說：

「歐巴桑把我視作女兒，在我最困難的時候，給了我許多安慰，我實在說不出有多感激她！……父親一向雄才大略，野心勃勃，而歐巴桑聰慧能幹，若真能和父親結褵，必然對父親的事業有極大的幫助。……哎！我的母親實在太軟弱了！非但幫不上父親的忙，又常常和他吵架，人生真是太遺憾了！」

出殯那日，我們婉辭奠儀、花籃，只留下陳大哥送來的兩座精緻羅馬花柱，純潔的百合和豔紅的玫瑰在二月的陽光中吐露芬芳，母親和陳伯伯超過半世紀的情緣就在這兩座繽紛的花柱凝視下，惘惘宣告了結。雖然，從世俗的角度看來，他們其實也從未開始。

——原載二〇〇八年八月十九日《自由時報》副刊

母親的浪漫和童心

母親十五歲嫁給父親，十六歲生子，提前結束了她的少女生活。不知她的心裡是否有憾？

進了廖家的門，孩子以階梯式的排列方式出生，接續下來的幾十年被困在生活的牢籠裡，讓她一路直通沒有陽光的逼仄角落。小小年紀的她，在大家庭裡，要應付妯娌間的瑣細競爭；要輪值一個大家庭幾十口的烹調；要調停院子內幾十個調皮搗蛋小孩玩耍所引起的糾紛；要侍奉公婆、丈夫；接著，還要關照一位少年喪偶的小叔。在艱困的年代，食衣住行育樂，無一不需她操煩。何況祖母養尊處優，加上長年臥病、身體狀況不佳，非常痛恨吵鬧喧嘩。據說孩子只要啼哭不到三聲，祖母立刻一個枕頭從臥房甩出。這時，母親就得立刻放下手邊的工作，飛快提起啼哭的孩子，一邊摀住孩子的嘴巴，一邊往外頭狂奔，免得婆婆發飆。

這樣的母親，從未有過青春年少的流金歲月，幾乎是從童稚直接躍入少婦生涯，缺乏美麗的憧憬，沒有撒嬌耍賴的權利。生活裡，只有重擔和責任。我簡直沒辦法想像她是如何「小孩玩大車」地捱過那樣的漫漫歲月。

約莫我六歲時，也是父母結縭二十年左右，父親突發奇想，賣了無法負荷的農地，從四合院的老家搬遷到較熱鬧的潭子縱貫公路旁，從此自立門戶，專心當個基層公務員。放下了大家庭重擔的母親，似乎一下子心情輕鬆了起來。可能就在那時，她無意中邂逅了鬧市裡的那家租書店，慢慢開始了她的浪漫傳奇閱讀之旅。

沒有學過漢字的母親，到底是如何識得國字。隨著母親的往生，成為一個沒有謎底的謎。閱讀是她抒發情緒

母親最喜歡閱讀，是我的文學啟蒙者。

及排遣時間的方法。只要一得空，就看她一卷在手，那種怡然自得的神態，跟她平日一貫的氣急敗壞，真有天壤之別。當時年紀還小的我，因此對租書店裡的書有著莫名的嚮往，認定其中一定有些我還未曾嚐過的美好滋味。於是，我虎視眈眈的，每每趁著母親不留神間，偷偷翻閱。這一翻閱，立刻被牢牢吸引住。小三開始，無視於母親的威脅、體罰，從此欲罷不能，我和母親一樣，變成了一隻不折不扣的書蠹。

母親偏愛閱讀愛情倫理大悲劇的小說；爸爸不看書，他喜歡聆聽收音機裡的說書人敘說歷史及民間傳說。印象中，父親對母親看書的嗜好，並不反對，卻也沒有積極支持；同樣的，母親對父親聽說書的事，也似乎沒有表示過任何意見。他們一個用眼、一個用耳分別接觸小說與民間文學，雖然各走各的路，從未相互交流或討論彼此的嗜好，卻無形中同時影響了我，一步步將我帶領進入文學的領域。爸爸知道我常耳朵貼著牆壁偷聽他正聽著的收音機裡的說書，有時忍不住還會背著母親跟我切磋說書的內容。媽媽不一樣，她真是沉得住氣，為了怕我沉迷看小說而耽誤課業，她悄悄閱讀、獨自反芻，明明知道我偷看她的書，就是從不肯跟我稍稍分享半分。但也由於母親這樣的矜持與堅拒，更為正值叛逆期的孩子平添幾分偷窺的刺激和樂趣。

也許十四歲就一頭栽進婚姻的母親對浪漫有超乎尋常的憧憬，她百看不厭的是瓊瑤的小說。瓊瑤小說裡的女主角，常常已人入中年，卻猶然具備讓男人如痴如狂的魅力，或許在某種程度上正補償了母親雖曾年少卻未曾有過癡狂的遺憾吧！《菟絲花》、《幾度夕陽紅》、《一簾幽夢》、《煙雨濛濛》、《庭院深深》……一本又一本，可想而知，母親應是隨著小說情節的進展編織著無限的綺麗幻想；而我，因為難耐寂寞鬱卒，也亟需浪漫傳奇既甜蜜又辛酸的曲折反覆，來鎮壓一逕苦悶的升學夢魘。

當時，總是很納悶，言情小說的內容再是纏綿悲傷，我也從沒看過母親看書時流過眼淚，一向好強的她，公開的閱讀態度也顯得莊重、矜持。我懷疑她總是在我放學前整理過牽腸掛肚的情緒，然後，鄭重地將書本藏進榻榻米下或櫥櫃的夾層裡，再若無其事地哼著日本情歌在廚房中烹煮食物，只在極少的時刻殘留下鼻眼紅腫的痕跡。這跟我邊哭邊偷看，常常因涕淚漣漪、過度沈浸而事跡敗露，因而挨揍的情況，堪稱大相逕庭。

母親對閱讀極度熱愛，除了租書外，也常撙節用度，購買收藏。晚年，還對某些被借閱卻一直沒有歸還的書耿耿於懷。《菟絲花》的行蹤成謎，讓她很是懊惱。外子因為屢屢聽她提起，一回，乾脆抽空陪母親去牯嶺街舊書攤尋書補恨，母親看到一家家盈溢著舊書的舖子，張口結舌，興奮地不知如何是好，恨不能將所有喜歡的書統統搬回家去，外子也因為此行博得體貼多情之名，母親還四處張揚他的孝順德行。

除了閱讀之外，母親還有另一項特別的愛好：她極喜歡玩偶。陪她去市場買菜或逛街，只要看到賣玩偶的攤販，她一定駐足觀賞。甚至像小孩子一樣蹲下來，一臉欣羨地拿這個、取那個地把玩，時不時仰頭跟老闆討價還價一番。尤其在街角看到騎著小腳踏車繞行的小玩偶或是聽到拍手聲就會眨眼睛或扭腰擺臀的小娃娃，更是眼睛發亮，怎麼也捨不得走開。每當這時候，我望著母親像孩子般笑開的容顏，總揣想著：母親對玩偶的癡狂，是不是因為沒有經歷少女階段的一種下意識的心理補償？

母親走了之後，我回去整理老家。客廳櫥窗內、樓上儲藏間裡，盡是各式各樣的玩偶，從動物布偶、飛彈模型、瓷娃娃……到公仔，母親的櫥窗裡，充滿了童趣。一件件，都各有來歷。或坐或臥的一群調皮小和尚，打拳的、釣魚的、躲迷藏的、光頭帶墨鏡的……，不一而足，是母親上市場買菜時的附加戰利品；王建民

1 趴趴熊黑著眼圈藏身在庭院中的花叢間。

2 王建民、大同寶寶與郵差的公仔是媽媽的最愛。

3 日本與歐洲的玩偶站在台灣的玩具蒸籠前，世界大同在這裡體現。

2 1
3

公仔是外孫女買電腦時的附贈品；大陸黑眼圈的熊貓和木製的一對喜氣洋洋的韓國新人，則是父母親一起遊歷中國和韓國時攜回的；穿日本和服的女娃，是我在京都的轉角街道上買回來的；盪鞦韆的小丑是我們一起去東歐旅遊時買給她的；十幾個趴趴熊是銀行年終的贈品；一群姿態各異的毛絨絨娃娃是她的孫子從吊娃娃機裡夾出來的；而一尊半人高的大型布袋戲偶是我在宜蘭夜市裡幸運地抽中的；飛機的模型則是女婿從任職的單位購買送她的……。兒孫們知道母親喜歡，一逕蒐集了來，母親看到玩偶時晶亮的眼睛，猶如孩童般澄澈。然而，或者因為節儉成性，母親自己總捨不得花錢買，除非是菜市場裡的便宜貨，最終，童心還是不敵經濟考量。

一回，外子陪著母親去郵局寄匯票，經過櫃台，發現櫃台上立著兩個綠衣郵差的公仔，母親歡喜得不得了，高興地問櫃台內的先生：「這敢是贈品？」當他抱歉的回說非贈品、是販售的，母親邊嘀咕邊怏怏然走開；外子隨後伺機偷偷買了兩個藏在隨身書包裡，回家後，母親見了女婿從書包裡掏出的那兩個小綠人，忙問價錢，一邊直說：「唉呀！太浪費了！無彩人的錢！」卻按捺不住地眉開眼笑起來。那兩個郵務士就一直夙夜匪懈地站在寵愛他們的女主人的玻璃櫥櫃內，忠心耿耿的，直到母親病逝猶然直挺挺屹立。

另有一回，大同大學通識中心邀我去演講。因為已然去過多次，所以，再三陳辭，婉拒邀約。那位前來遊說的老師非常盡心，年年以不同的理由誘惑遊說，譬如：知道我酗咖啡，便以濃郁香醇的咖啡引誘；洞悉我愛慕虛榮，讚美的話一直甜如蜜。那回，我本辭意甚堅，她忽然惆悵地說：

「我們已經為老師準備了兩個可愛的大同寶寶公仔和四只大同寶寶吊飾哪！……現在怎麼辦啊！老師不能再考慮看看嗎？」

我原本準備好的堅拒說辭，忽然在那瞬間從嘴邊溜走。母親的眼睛驀地躍上腦海，啊！當她看到遙遠年代的大同寶寶時，眼裡將會煥發出何等的光彩！我於是拐彎抹角順勢應承了下來。果然！當我突如其來地將那兩個大同寶寶奉上時，母親驚喜得簡直闔不攏嘴巴！四只大同寶寶吊飾則因為長得一模一樣，難以區分，外子於是在他們的臉上各自塗抹上不同的顏色，甚是逗趣，母親也當寶似的收藏。

母親過世已經三年有餘，老家幾經裝修，面目已然全盤改觀。舊有的家具、衣物或分送他人或忍痛送進回收箱，怎麼也不忍割捨的是母親生前閱讀過的珍愛藏書和她所鍾愛的玩偶。我特別在二樓主臥房醒目的位置上，讓母親最愛的玩偶陪著她和父親的遺照一同棲身於大型的玻璃櫥子內，且讓他們面對著一櫃子的藏書。

每次回老家，看到父母微笑坐看那些可愛的玩偶和書籍，總錯覺他們仍舊和往日一樣神采矍鑠，不過暫時去了遠方，我因而不再感受巨大的悲傷。

——原載二〇一〇年十二月二十七日《自由時報》副刊

我的女強人媽媽

母親沒受過多少教育，卻一連當選三屆鄉民代表，做過好幾屆婦女會總幹事和調解委員會委員，晚年，還連任好多屆自治會理事，此事說來不可思議，卻是千真萬確。

以前，每年選舉期一到，全家便進入警戒狀態，父母幾乎全副武裝，我們也跟著搖旗吶喊，全力拚選舉。一開始是與母親堪稱青梅竹馬之交的陳伯伯參選議員。形勢年年危急，不是當選尾，就是落選頭。開票時，爸媽臉色一逕鐵青，我們都不敢造次，因為動輒得咎，非常容易挨打。五十多年前，台灣政治的狂熱，在我們家已預見端倪。選舉事務參與多了，久而久之，幫忙抬轎的，很容易便被拱著坐上轎子。我父親是公務員，當時雖然不流行什麼「行政中立」，但怎麼說，還是有幾分顧忌，自己不方便出馬，便由母親上陣代打。這一代打，竟一炮而紅！當年母親芳華正盛，一舉高票當選，簡直大爆冷門！只有國小畢業的她，一身是膽，在群雄中優雅玉立，光彩奪人！任誰也不敢小覷！她一共蟬連三任鄉民代表，接著由我的大哥取而代之。雖然只是小小的地方民意代表，但說來也稱得上政治世家了。

母親卸除鄉民代表後，開始擔任婦女會常務理事，一不小心又榮膺總幹事。理事長通常是鄉長的夫人，實際掌權的卻是總幹事。平常，母親或者穿著光鮮亮麗的旗袍到各處去勞軍；或者請老師來教村子裡的女性裁縫、插花；逢年過節，除了在家裡殺雞、做粿，忙到罵人、打孩子外，還得優雅地去老人院、育幼院裡，微笑著餽贈慰問金。我在中部念書的階段，正逢她最輝煌的參政時期。我每每看見她穿戴整齊，拎個皮包去開會。我喜歡她去開會，開完會回來的她，顯得特別明豔動人，不知是否為搭配身上優雅的裝扮，通常那些時候，我挨打的機會相形就減少許多。也不知道她開會時到底做出了什麼重大的事，只看見裝框的感謝狀滿牆壁，櫃子上也全擺滿了玻璃罩子罩著的獎座。

母親代表婦女會勞軍，居中者為母親。

母親的熱心，我倒是感受深刻的。自從我到大學擔任教職後，只要村子裡有哪戶人家的孩子考上台北的大學，她必然打電話前來叮囑我要多關照，不管考上的是陽明山上的文化大學、士林的銘傳大學、辛亥路上的科技大學或板橋的藝術大學……，總之，好像所有的台北大學都歸我管轄似的，我只要稍有抱怨，她一定到處跟姊妹們抱怨：

「攏總在台北，伊的大學又不是在南部！會有多遠？平平在學校，給伊照顧一下是會安怎？」

我有一位小學同學的先生在榮總當腸胃科主任，曾因為大哥車禍，請他幫忙轉診。從那之後，只要鄰居或親戚有個三長兩短，她就自告奮勇，然後，從台中電話遙控，請我找那位主任幫忙，也不管病人是白內障、心臟病、骨折還是腎臟發炎。總之，她說：

「醫生之間攏嘛相識，伊做官做到那麼大，幫忙講一聲就無問題啦！」

我只要婉拒，就一定挨罵，被冠上「知識份子的驕傲」的罪名，而她講「知識份子」四字時，明顯咬牙切齒。我實在拿她沒辦法，只好假裝答應，然後回報：

「啊！真歹勢！那個主任這陣子出國去旅行，不在台灣哪！」

幾次下來，依她的聰明才智當然很快識破，她陰陰的回我：

「是哦！這位醫生真閒哦！一日到闇去旅行，病人攏走了了囉！」

有一年暑假，她搭公路局車子來台北，在車站遇到遠房親戚的女兒和同行的同學要到台北參加轉學考，母親一聽說兩位女生要去住旅館，二話不說，直接把她們拎到我家，完全不必徵詢主人——我的同意。在她的字典裡，「路見困難，拔刀相助」是鐵律；而甚麼叫「房屋所有權」或「主權」，她是一點也不想明白的。

母親後來又擔任鄉裡的調解委員，常常介入別人的家務事，苦口婆心的開導、勸說，展現了驚人的耐力與恆心。有時，調解了又調解，苦主竟跑到家裡來了。我一旁聽著，發現這些需要調解的人士，無論是男是女，都有語言夾纏的特色，反反覆覆，像唱片跳針。可是，母親一逕和藹勸慰，和訓誡自家孩子時的不耐煩大相逕庭。母親的語言清晰、條理分明，邏輯周延，這是我赴笈北上後返家時的重大發現，距離產生了美感，讓我能以局外人的心平氣和重新看待；只是後來發現，母親的道理常常說給別人聽，自己卻難得履行。尤其是婆媳相處方面，她斤斤計較被尊重的重量，常常氣到到處投訴，顯見理論的取得容易，實踐卻萬分困難。

印象裡，母親出門開會或應酬必穿旗袍。學校舉行母姊會時，我最喜歡母親到學校裡來。在鄉下的國小時，她當然是村子裡最為優雅的母親；我轉學到台中的貴族學校去，同學跟家長們見到她氣質高雅、落落大方，一點也不輸給那些有錢人

母親在村子裡的縫紉班擔任助理教師，前排左五穿著旗袍者為母親，那年她三十二歲。

家的太太，常以為她若不是位高權重者的夫人，就是富有人家的少奶奶。因此，看到母親盈盈出現，我覺得好驕傲，整天都走路有風。好強的她，為了讓我符合貴族學校的規格，不管是我的穿著或逢年過節送老師的禮物，都務求跟進，禮數一樣不少，這對基層公務員的九口之家是何等艱難的事！我的母親為了我勉力而為，不知曾傷了多少腦筋，難怪她成天顯得躁鬱。現在回想起來，仍不免熱淚盈眶。

當時，我們其實是真窮。只是母親好強，家裡就算窮到負債累累，她也要把自己和兒女打扮得乾淨整潔。母親過世後，我翻到一張她民國四十二年在裁縫班的照片；在那之前，她已經自學成功，幫家人及外人裁了許多衣服，所以，家人認定那張照片裡的她，擔任的是裁縫班老師的助手。我們全家大小的衣服，當年都是母親親自裁縫的。她的手藝相當不錯，裁製出來的衣服不只讓人穿著十分舒適，而且顏色、樣式都不俗氣。前些年，大學同學聚會時，大夥兒閒聊過往，都以為我系出名門，因為當時我衣著光鮮筆挺！冬天一襲綠色外套，搶眼又很有個人風格。我啼笑皆非！因為窮得沒衣服換，小學就是一件黑色披風到底；大學時，一襲綠色外套從秋天直穿到春天。披風、外套原先只為遮蔽窮酸的內裡，在外人眼中，居然反成時尚風格，真是始料未及。

母親的聰明，一直到老都沒改變。如果經過科學鑑定，我肯定她一定是天才。因為她無師自通的事太多了！光是做菜、縫紉、認字，就叫人肅然起敬。臨終前的一年，北上和我同居。當時，她病得已經不輕，為了陪伴她，我放下手邊的工作，招她說說話。

「說說看！你只受過日本的小學教育，你是如何學會看漢字小說的？」

母親只是淺淺笑著，沒說話。

「爸爸教你嗎？」

「哪有！伊哪有那個閒工啦！上班就霧煞煞囉！哪有閒！」

「要無！汝是怎樣學會看瓊瑤小說的？」

「我也不知！看呀看的，就看下去了，汝問我，我也想不起來。」

只受日本國小教育的她，是如何學會閱讀中文小說和書報的？又是如何學會用中文記帳的？沒有學過裁縫的母親，又是如何幫子女親友裁製新衣的？在娘家從沒動過一鍋一鑊的她，又是如何在人口眾多的婆家主中饋的？在在成謎。

我一接觸到「天生睿智」四個字，直覺就會想到母親。她的熱心與能幹，名聞遐邇。她是我們父族親戚間永遠的五嬸婆！我父親的「五叔公」稱謂之所以大受尊敬，端賴五嬸婆的奮力成全。家族裡的大小事，母親無役不與，她思考周延、調停有方，深得人望。但她仍保有舊觀念，不管在家裡多麼強悍霸道，出門一逕以夫為天，知所分寸，絕不搶父親的光環。兩人搭配得宜，在家族裡成為最後團結的支撐。

父親在世時，族裡晚輩禮數周到，不說生孩子、娶媳婦或起高樓的喜事必延請五叔公、五嬸婆坐大位，只要逢年過節必有固定餽贈。母親很會做人，酬酢的禮金不但絕對讓人滿意，平日甚至會去公教福利中心添購毛巾、牙刷、牙膏、香皂等日用品備用，只要有晚輩來報喜或問候，臨走，母親一定會悄悄整理一些塞進他們的手裡。在清貧年代，這樣的餽贈堪稱既實用、又貼心，母親的處世原則是只要能力所及，絕不占人便宜，在這一點上，我一直希望能得到母親的真傳。

父親是個標準的公務人員，他不貪、不忮，奉公守法；但在家務上，全無盤算，更拿不出應變辦法。他領了薪水，悉數交給母親。至於不夠用怎麼辦？「我哪有辦法？薪水攏總給汝了，汝係要叫我去搶銀行是嘿！」他總是攤手、聳肩，如此理直氣壯地回覆母親；然後，施施然在楚河漢界的棋盤上和人切磋。於是，所有的重擔全落在母親身上。遇到再難的問題，母親都得硬著頭皮設法解決。她養豬、養鵝、種菜、做裁縫、做家庭手工，有一年，全民熱中養鳥，母親也趕上了風潮，養了好多十姊妹、文鳥、金絲雀……她樣樣行，幾乎沒有一樣難得倒她；她尚且不辭辛勞，水來土掩、兵來將擋，我和她母女一場，沒聽她為家事喊過一聲苦，她將這些視作生命裡的必然。我常開玩笑說：

「我永遠都趕不上母親的勤奮、努力；而從現況看來，我的女兒好像也比不上我當年的儉省耐勞；台灣競爭力的日益薄弱，從我們母女三代的表現可見一斑。」

母親真是個不平凡的人！她不是知識分子，卻對教育充滿期許。可惜她所受的學校教育不足，身受的社會教育告訴她「小孩子不打不成器」！加上性子急，家庭經濟狀況也實在讓她操煩，她不言苦，而苦自在、煩自來，脾氣來的時候，才不管甚麼愛的教育。晚年時，常自嘲：「嚴官出厚賊」！一直對沒能讓小兒子脫離黑社會的習染感到遺憾。然而，她也堪稱盡力了！她用她能想到的最好的方法教導小孩，小孩的表現卻不能盡如人意。所謂「道高一尺、魔高一丈」，她日日緊迫盯人，奇怪的是我的小哥總能滑溜地從她的鞭子下滑出軌道之外。小哥調皮搗蛋，在學校裡闖禍，最後被迫開除學籍，母親居然能邊罵邊幫他轉學，而且還轉到比原來評價更優的學校；四姊從小過繼給姨媽，高中考上偏僻的后里中學。上學途中，老有軍車停下來讓她們搭便車，母親聽說了，嚇白了臉，深恐那些阿兵哥不老實，對中學生毛手毛腳；立刻找到關係，將四姊轉學到附近的豐原高中；我在鄉下小學讀書讀得好好的，她忽然不放心，也設法透過關係將我轉到城裡的貴族小學；我考高中時失利，淪落到近郊的中學，她不服氣，一不做、二不休，乾脆將我的學籍拿掉，來個背水一戰，勒令我轉學回母校台中女中。我後無退路，驚嚇不已，只能像過河卒子拚命向前；後來才知她並不魯莽，早有備份方案：另外拎了包袱，拽著我一路直殺到台北參加轉學考，公立、私立高中跟五專。那年暑假，我在轉學考中每戰皆捷，共計考上四所學校——台中女中、北二女、金陵女中和銘傳專科學校，是我人生中很特殊的紀錄。十四歲結婚的母親，沒受過高深的正規教育，卻堪稱膽識俱足；而我，一路念到博士學位，在校園裡化育英才，然而，面對女兒遭受校園霸凌時，卻只會掩面哭泣，徒呼奈何。兩相比較，學校教育何其虛浮蹈空！

這樣飛揚跋扈、不可一世的母親，生下我這樣軟弱無能、成天只會束手哭泣的孩子，她心裡那種恨鐵不成鋼的憂煩可想而知。小時候，我老是為挨揍悲傷自憐；如今，回首往事，才知母親的委屈與辛酸！

——原載二〇一一年《明道文藝》二月號

萬綠叢中一點紅，母親擔任潭子鄉的調解委員，時年四十一，芳華正盛。

清官與酷吏

我從沒見過像母親一樣重視紀律的人。她像受過嚴格軍事訓練且上過無數莒光教育課程的軍人，沒得商量。手中的鈔票，悉數同一方向；鍋碗瓢盆不但個個晶亮還排著美麗的隊形。臨終前，已萬分病弱，才邁過洗手間的門檻，看到前方洗手台上的牙缸標誌沒有正面迎人，還沒站穩腳步，手就伸得老長，想將它調整端正。

她一生中耗費最多的時間，大約就在整理及清潔上。她的秩序井然已達潔癖等級，我為了跟上她的腳步，不知吃盡了多少苦頭。外出的服儀不說，光是櫃子裡的衣服就讓你嘆為觀止！新櫃子送來後，她首先分配個人所有權，然後叮嚀摺疊放置的順序。上衣、裙子、毛衣、T恤、內衣、內褲、外褲、長的、短的……等閒不得混雜。她不厭其煩地細膩分類，並嚴格執行臨檢。父親深以為苦，老叨念著：「到底是人住房子?還是房子住人?」有趣的是，我的幾個母親生家的阿姨在這一個毛病的嚴重性上比她更勝一籌。父親和連襟們偶或相聚，引為同病，常趁機互吐苦水，比賽誰最可憐、受迫害最深。相形之下，父親的受害情節最難引起同情，因為母親從小送養，浸淫不深，充其量只是基因遺傳，幸而後天失調，否則後果就不堪聞問了。母親從小一塊兒生活的養家姊姊則溫和許多，相形之外，也風趣許多，顯見基因遺傳的厲害，沒有一起生活，卻因為血濃於水而擁有更為接近的脾氣。

爸爸一向飯來張口，茶來伸手，母親把他伺候得像個大老爺。下班回家，洗澡水已經放好，換洗衣服平平整整放在浴室的櫃子上，只差沒幫他擦背、穿衣了。父親偶而良心發現，想自助一番，博取太太的讚許，結果總是壯烈成仁。因為母親對父親自取衣服時略為翻動卻未能及時恢復感到極度不滿，沒有一次不氣急敗壞罵人：「汝就不能等我一下，抄到亂糟糟，親像風颱掃過，自己也沒才調恢復，汝這樣根本是存心要給我累死！」而我們前去觀看災情，卻怎麼也看不出來問題出在何處。我初次北上寄宿，東吳屬教會學校，對內務的要求十分嚴格，舍監馬媽媽每天檢查，被子得疊成豆腐乾型，衣服要摺得像一批批待售的布匹一樣，同學們都叫苦連天，只有我這個在母親眼裡一直是不及格的女兒舉重若輕，因為家裡的標準遠遠超過宿舍的規定。

有一段時間，我回台中陪伴母親。夜裡，她睡樓下，我跟她道過晚安後上樓休息。沒一會兒功夫，就會聽到母親起身整理碗盤。一個、兩個、三個……盤子的聲

媽媽生家的姊妹合照，中間高個子的是母親。
母親的生家姊妹個個性格剛烈，潔癖十足。

音、鍋子的聲音、鍋盤互碰的聲音，一向不易睡著且淺眠的我，在幾個聲音過後，開始幫她數數兒，哇！媽媽幾乎是整個櫥櫃通通翻出重整。第二天醒來，我下樓察看，發現她真的做了大規模的移動，小鍋疊在大鍋上，小盤大盤、小碗大碗層次井然。我請她不要在大半夜整理碗盤、弄出偌大音響，影響鄰居安寧。母親睜著無辜的雙眼，辯稱豈有此理！她早早就睡下了。後來才知她吃了史蒂諾斯助眠，對自己吃下安眠藥後的行為全無所悉。可見，在潛意識裡，母親就是個愛整潔的人，這個習性已然根深蒂固、牢不可移。

她住到我家裡時，想必是極度忍耐的。因為忙碌，我只能維持乾淨及表象的整齊，細部或櫃內，則不遑照應。尤其是鍋碗瓢盆，順手疊置，常常無法按照大小安排妥當。每每櫃門一開，大大小小的鍋子便相依偎的跌了出來。母親來了之後，先還顧忌著自己是客人，按兵不動；不到兩天，再也無法忍耐。趁著我仍高臥的清晨，早起幫忙整頓，收拾了前一晚晾在水槽邊的碗筷，外加櫥內鍋碗瓢盤大搬風。因為規模浩大，在寂靜的清晨尤其顯得聲量驚人。一向晚睡晏起的我，睜著眼睛，等著鏗鏘大整肅結束，卻似乎總沒完沒了，只好放棄跟周公的纏綿。其後的每一天，我戰戰兢兢，刻意維護她收拾的成果，以為萬無一失了；但不到兩日，她又不滿意了！清晨即起盤點式的碰撞聲音由是周而復始，我因此了然每人對整齊所持的標準大不同。一日，實在忍不住了！我半開玩笑地向她抱怨噪音擾人。她回台中後，四處傷心地向兄姊訴苦：

「整個櫥仔亂操操！做老母的好心給伊整理，已經盡量細意，輕腳輕手，盡量細聲了，擱乎伊嫌吵！做人實在有夠枉然！」

兄姊們弄清了狀況，知道母親的潔癖居然直追到台北去了，都哈哈大笑起來！「清官駕到，

母親養家姊姊及姪女，居中者為母親；最右為長她十歲、博學多聞的唯一姊姊；左一及左二為養家堂姊。

誰都難免被嚴格檢視，你得多擔待點兒。」他們異口同聲這樣說。

母親過世後的某一個清晨，我因失眠早起，也效法母親在廚房內收拾。這才發現，無論如何躡手躡腳，碗盤相互碰觸在所難免，而聲音在安靜的清晨一逕清脆響亮。在剎那間，我覺得自己真是罪該萬死，可想而知，那年，我的抱怨曾惹得母親有多傷心了！我才該請母親多擔待的。

母親的整齊不只見諸櫥櫃或其他家具擺設，隨時拉開她的抽屜，入目一逕井然有序，用過的東西絕對復歸原位；她晾曬的衣服，就像一群訓練有素的班兵，衣是衣、褲是褲，絕不混雜；穿過曬衣桿的內褲或攀住的襪子得朝同一方向；分門別類之不足，還又拉又抖的，絕不准它們搔首撓耳、彎腰駝背，一定得讓它們看起來精神抖擻、抬頭挺胸。她的規矩多、執行嚴格，沒有講價還價的可能，有點兒像古時候的酷吏。小時候，起晚了，匆忙趕赴學校，換下的衣服沒有收好，攤在床上，她氣到恨不能奔赴學校逮人處置。好不容易等到我放學，不由分說，先以竹筍炒肉絲伺候一番；再勒令將標準動作重複做個五十次，處罰之嚴苛讓人終身難忘。

也許是對紀律的一種反動，等我脫離原生家庭，立刻變得十分厭惡紀律。然而，從小身受的教養，又讓我對忽視紀律的人感到不可思議，於是，內心兩相矛盾掙扎，標準時而寬鬆、時而嚴厲，人格幾乎分裂。寬以律己一段時日後，忽然良心不安，於是開始大力整肅；自律完畢後，就轉而律他，對兒女的混亂嘮嘮叨叨：

「你們運氣真好，遇到像我這樣和藹的母親。如果你們是外婆的孩子，早就被修理得晶雪雪。可是，就算我是好人，你們也不能老欺負我，就求求你們自行收拾收拾吧！整間屋子不能一直像豬圈或狗窩啊！」

由是可知，清官固然難為，酷吏要做到以身作則，讓人心服口服，也不是容易的事啊。

——原載二〇一一年一月《自由時報》副刊

輯三

以為來日方長

母親健在時，我以為來日方長，以為老家的大門永遠洞開！萬萬沒想到一向看來健康的母親也會「長辭白日下，獨入黃泉中」，歲月摧枯拉朽的能耐超乎想像。

遠方

在電子業工作四年餘，業績正臻高峰，前途一片看好之際，兒子忽然萌生「棄業」之思。他說：

「工作太累了！夙夜匪懈這麼久，我想辭職休息一陣子。」

「四年多叫『久』？有沒有搞錯！你老媽我自投入職場以來，今年堂堂邁入三十年，從來也沒想到過可以辭職休息，怎麼平平是人，命運差得這麼多！」我哀怨地嘀咕著。

「你不同！你當教授，工時短，寒暑假又有兩、三個月可以休息，哪像我們日也操、暝也操，一刻不得閒。……更可怕的是，我好像對眼前的工作越來越適應，似乎一輩子就可以這樣子過下去了！實在不甘心啊，我的一生難道就該這樣決定了嗎？……依照你們的期待娶妻、生子，或朝九晚十一，或無日無夜坐飛機在各國的旅館間穿梭往來？真是恐怖啊！」

我急急撇清：

「我可沒期待你娶妻、生子，抱不抱孫子我一點也不介意！一切都請自行負責，不要『牽拖』！」

「我想辭職到中南美洲去好好思考我的人生！」他眼神飄邈卻語氣堅定。

從潭子到台北養病已一段時日的外婆，坐在一旁聽了半晌，也興奮起來，她想出兩全其美之計：

「要思考人生，敢不行佇厝內或是去比較近的所在去思考？潭子我那間厝，闊隆隆，汝要安怎去想都可以，無人會吵汝，順便去幫我澆澆花，極久無轉去，恐驚我種的那些蘭花都死了了！」

兒子聽了大笑起來！哄著外婆說：

「阿嬤！汝的花，我會找時間回去澆水啦！不會死啦！您免煩惱啦。」

至於為什麼選擇中南美？不選擇比較先進一點的歐美國家？兒子有一番奇異的說辭：

「我想藉由你們老人家看似危險、年輕人欣羨的壯遊，將自己抽離習慣的舒適環境，強迫學習獨立生活的能力，藉此克服內心的恐懼，並思考未來的下一步該怎麼走，這叫『一兼二顧，摸蛤兼洗褲』。何況，中南美的奇險壯麗不是很吸引人嗎？」

我以為兒子自小天不怕、地不怕的，竟然說要藉「壯遊」來壯膽，雖然覺得他的理由太官方，但他一向超有主見，一旦決定的事，非常不容易被說服，與其大費唇舌和他做無謂的爭論，不如乾脆順水推舟，至少可以贏得「孝子」（孝順兒子）美名。何況我私心裡也挺羨慕他的機緣與壯舉，於是，只好訕笑著說：

「好啦！既然決定了，就放心去吧！我和爸爸都支持你。你先去，如果覺得不錯，我們也跟著過去思考我們往後有限的人生吧！」

就這樣，兒子的中南美之行算是拍板定案。

接著，遞辭呈。早就風聞的老闆百般勸阻、軟硬兼施，最後，眼看勢不可擋，甚至還慷慨允諾給他長時間的假期，但兒子豪邁地說：

「做人要顧道義，自己愛玩，不能拖著公司下水。何況，老闆不知民生疾苦，只要一聲令下，苦的可是我那些可憐的小主管、同事與下屬。」

聽起來像是古之義士。雖然不免覺得一份好端端的工作辭了可惜，卻也為他有擔當的作風感到驕傲。年終的股票沒了！每月孝敬我們的三分之一薪水飛了！我們咬牙佯裝豁達：

「錢再賺就有了！人生可只有一回。」

可不是人生只有一回嗎！病弱的外婆終究等不及孫子成行，在大年初三撒手仙逝。兒子履踐他幫外婆澆花的承諾，回潭子外婆家照顧院子的花花草草。在外婆說的「闊隆隆」的透天厝裡，一邊學習西班牙語，一邊準備各項資料，更重要的是陪伴並安撫離情依依的女友。外婆百日過後，他終於帶著一只大背包和幾張金融卡、信用卡瀟灑上路。

1 孩子們都從遠方回來，獨獨母親一去不回，留下滿園青翠。

2 絲瓜藤扶搖直上，柳樹忘了自己應該謙虛鞠躬。

臨走的那個黃昏，我們在福華麗香苑的沙拉吧給他餞行。該與不該叮嚀的話早都說完了，許是大夥兒都還沒從外婆往生的悲痛中恢復，場面顯得有些冷清、寂寥，也或許是我們夫妻倆的臉孔看起來有些僵硬，兒子打哈哈地安慰我們：

「去年，有一位身材瘦小的女性朋友，和我一樣揹著一口大背包出國雲遊，她媽媽到機場送行時，交代了又交代，拚命忍住眼眶裡含著的淚。過海關後，她一轉身，看見爸媽兩人的臉統統縮得小小的，眼睛顯得格外大且驚恐，她差點兒心軟地回頭。結果呢？上山下海一年浪遊後，還不是平平安安的回來。」

一年後？外子和我同時驚詫地複述著，原本想要安慰我們的，卻因為這「一年後」三個字，引起我們更大的焦慮。但是，為了不顯示出太過保守或纏綿，身為爸媽的我們決定不在這個話題上窮追猛打。孩子大了，遠走高飛是遲早的事。只是，想到剛經歷了和母親的死別，隨即又得面對兒子的生離，臨別擁抱時，心情真是格外悽愴；兒子用手拍拍我的背，保證道：

「不用擔心，我會想辦法平安歸來的。」

母親走了，不知去了何方！兒子緊接著遠走他鄉！去到我沒辦法想像的南美洲，而我也糊裡糊塗接到新學校的聘書，即將變換跑道。一張張學生致贈的卡片，寫滿了捨不得我離開的字句，讓我閱之肝腸寸斷。幾個重大的變化接踵而至，攪得我手忙腳亂，心裡亂糟糟。幸而學期已近尾聲，學生忙於準備期末考，我倉皇搬離窩了九年的研究室，打包時，心情既繾綣又忐忑，像是無端被發配到不可測的遠方！當初只是想幫生病的母親打氣，成全她長久以來念茲在茲要我轉到公立大學的心願，如今，如願了，母親卻來不及知曉，留下我獨自面對茫茫的未來。

因為捨不得老家易主，我在母親往生之前，便將座落潭子的老家買下，兒子走後的一個月，我將研究室囤積的書籍搬回潭子，發現花兒全凋謝了！葉子垂頭喪氣，水池內的魚兒暴斃了好幾條，院子裡的紅磚地灰撲撲的，曾經是母親病中魂牽夢縈、一心歸去的家，竟是一片荒蕪了。我杵在以前常跟母親坐著聊天、賞花的石椅前，內心慘怛，哽咽吞聲。夜裡，母親和兒子一起來入夢，翌日，我捎了封信給兒子，說：

> ……聽你女友說，她可能到玻利維亞找你；聽妹妹說，你正學西班牙文；聽我的夢境說，你爬了好幾座高山，因此扭傷了腰；在帆船上耍寶，差點兒掉進海裡……不知道這些都是真的嗎？
>
> 我昨天重新看了四年前到中研院訪問詩人楊牧的文章，他說起多年前曾提到的「壯遊」，他說：

3 竹子在簾前招展，荷葉正在尋找畫它的王冕。

4 梔子花爬上牆頭，蘭花也不肯示弱地睥睨高處。

我在《一首詩的完成》裡頭提到「壯遊」，其實我好像也不太贊成那樣子。我覺得跑來跑去幹什麼，一下子去巴西、一下子去布拉格，我覺得不見得有那個必要。不過讀書大概還是要，讀書是一種想像力的訓練。

我引這段話的意思，不是打擊你的志氣，只是湊巧看到，想到這本書的出版，少說已有十多年，十多年前，詩人還大力鼓吹「壯遊」對寫詩的重要，十多年後，也許因為年紀的關係，他開始不大覺得此事有何重要。不過，趁年輕的時候有能力（包括體力和財力）到處走走看看，我和你爸爸倒是都很贊成的，只要你能保持清明的心智，注意防範意外，我們基本上是給予最大的支持的。

兒子對這番委婉的剴切言辭，視若無睹，全無回應。一個多月後，他的女友果然決定動身前去陪伴（或監督？）也辭了教書的工作，迢迢奔赴。有人同行，我們總算放心多了。兒子出門前，許多朋友聽說了，都警告我中南美是個落後、缺乏秩序的地方，要我轉告他得步步為營。兒子去了秘魯一段時間後，來信說一切都十分圓滿，秘魯根本不像大夥兒說的那樣危險、恐怖，要我們不用擔心！哪裡料到，這約莫就是所謂的「風雨前的寧靜」，其實危機已然四伏。一日，凌晨兩點鐘左右，朦朧正要進入夢鄉，忽然鈴聲大作，電話那頭傳來兒子氣急敗壞的聲音，說是只在市集中點了幾道吃食，一回頭，背包已經被偷，所以，請我們連夜為他的提款卡、簽帳卡辦理止付。被這一攪和，我睡意全消，辦過手續後，竟睜眼到天明。第二天，接到兒子的E-Mail，列出損失清單，總計：

ipod一台、美國簽證一份、貴重夾克一件、照相機一部、記憶卡三張、尚未儲存的照片4GB、LV皮夾一只、信用卡、金融卡各兩張、note book（內有珍貴日記）一台、新買背包一個及帽子一頂……。其餘族繁不及備載。

他在信裡幾度重申：

真是恨得牙癢癢的……。

看完之後，不禁莞爾，想到彈藥已被鎖進彈藥庫，也許他會因彈盡援絕而提早歸來。正當我將這不足為外人道的竊喜告訴兒子時，他哈哈大笑，說：

「正好相反！因為許多的紀錄與照片都毀於一旦，所以，可能延長歸期以補回那些遺失的日子…，可不可以麻煩你們先墊些錢寄到女友的帳戶裡？」

真是太讓人失望了！既知孺子頑固不可教，我遂將眼光轉向潭子的老家。母親雖然走了，相信她可不希望庭園敗壞，家人四散、兄妹各行其是。於是，趁著暑假，我和外子展開另類的耕種生活。每天像苦行僧般，披頭散髮種花、種樹、種竹子；洗衣、洗被、洗院子；拖地、擦窗、曬被子；釘鉤、掛畫、掛簾子；搬土、搬磚、搬盆子！每天汗流浹背，汗水像雨水般灑下，不要命似的工作，腰也彎了，人也黑了。我們將大門內左方的大片水泥地敲開，種了三株四方竹，芭樂樹、芒果樹、檸檬、奇異果各一棵，幾株聖女番茄，還在小池裡養了幾盆蓮花、池邊植了柳樹，大缸裡種了荷花，棚架旁兩株巨峰葡萄迎風招展，外子還修了摩托車、買了腳踏車，屋裡安上新窗簾、方桌鋪上桌巾、裝上音響；那樣子，像是要在潭子老家長住久居。我讓女兒拍了各個角度的美美照片寄去玻利維亞，引誘兒子：

> 院子經過一番整理，煥然一新；客廳的日曆及月曆被取下，換上雷驤伯伯的裸女畫、華仁叔叔的鳥類版畫和爸爸的小幅風景畫作，人文氣息立刻浮現。等你們回來時，也許不但可以摘葡萄、釀葡萄酒，還可以爬芭樂樹，嘴裡吃著芒果、番茄，眼裡看著依依的楊柳、田田的荷葉和精神煥發的蘭花，坐在竹林下成為七賢之一……。爸爸已把大畫布搬回潭子，打算在葡萄架下畫出驚世之作，我們正拭目以待。

兒子雖表達驚豔之意，卻仍然鎮靜以對，依然叨叨敘說著世界之大、他鄉山河的美好壯麗、異地人情的種種。我有些失落，心裡的某處像是被鑿了個大窟窿，空空洞洞的，在屋裡踱過來走過去，老覺心神不寧。

中秋長假之始，我招回散居各處的兄姊及其家人，大大小小，合計接近二十口人，炒米粉、買來鵝肉、端出媽媽最拿手的紅燒肉、筍干，摘下院子裡的九層塔炒茄子，也沒忘記我最專長的什錦菜，我與母親生前一樣，待在廚房裡，細細切絲、大火熱炒，把廚房搞得熱騰騰、火辣辣……前廳有人打麻將，有人聊天，小孩看電視、打電腦；小小孩拿著手電筒四處奔來跑去，還有人在院子裡烤香腸，依然熱熱鬧鬧的一家人，彷彿母親從來沒有離開過。夜深了，人散了，我像母親一樣，打開櫃子，拿出幾罐茶葉；從冰箱上層取出儲備的魚、肉；下層翻出青菜、蔬果和剩菜，分別打包，讓各家帶回。汽車一部一部駛離，我像昔日的母親一樣，將頭伸進開著的車窗，交代駕駛人：「小心開車哦！免趕緊！」然後，站在紅門口揮手道別，車子緩緩陸續開出巷口，我抬頭看到天空上寥落的星星一閃一閃的，淚水忽然像泉湧，母親的心情，從來沒有一刻像當下那般分明！

雖然疲累不堪，心情卻是亢奮的。我慫恿女兒將紅燒肉、炒米粉、筍乾等食物的照片，用MSN遞送到天涯海角，並隨圖附上幾句話：

每逢佳節倍思親，我思我父我母，更思人在遠方的我子，而你莫非樂不思蜀？可別忘了蜀地的父老日日引頸盼望，就怕兒子浪蕩成習，成了天涯流浪漢。今天的月亮很圓，想你猶然羈旅海外，家人都讓院子裡的炭火嗆出了淚來了。

兒子想是被油亮的紅燒肉給感動了，立即引用了孟老夫子的話來回應中文系出身的老母，說：

「天將降大任於斯人也，必先苦其心志，勞其筋骨，餓其體膚，空乏其身，行拂亂其所為。」漢客在南美過的是困苦的日子，每天用半冷不熱的水洗浴，在此無一刻不思念家鄉的麻辣鍋、牛肉麵與肉圓，您傳來的爌肉配米粉更是讓人垂涎，但在南半球的月亮盈虧與北半球不同，能夠換個角度看世界，換取人生經驗，這樣的困苦又算些甚麼！十分想念老父老母，一切可好？

流浪漢Hank

四兩撥千斤的，兒子輕易就掙脫了我撒下的密密親情網罟，身手矯健地脫身而出，若無其事地繼續他在遠方的天涯追尋。

中秋那天清晨，女兒起了個大早，忽然在院子拉開嗓門呼叫：

「媽！您趕快來看！很奇怪呢，九月天竟然開出一朵粉紅的杜鵑花。」

我穿著睡衣、睜著惺忪的睡眼跑出去，看到久不開花的院落，獨獨開出了一朵小小的粉紅杜鵑花，怎麼都沒注意到何時結的花苞！我不知道一向開在「淡淡的三月天」的杜鵑花，是否經過改良而能在任何的季節綻放，但是，花開一朵，靜靜地藏身枝葉間，卻讓我感覺它彷彿是個特別的神蹟。分明是琵琶半遮面的「欲言又止」模樣！難道一向愛花、愛熱鬧的母親果真成了花神？藉由單開一枝的花朵來嘉許我促成全家再度團聚的苦心麼？

那夜，母親迢迢來入夢。夢中的母親依然孱弱，枯瘦的身子和我併肩站在大片落地窗前，窗外細雨霏霏，遠處一脈橫臥的蔥綠高山，近處是挨擠著的長排豔紅美人蕉，像極一張濕淋淋的素雅彩畫。母親不堪久站，將頭倚在我的肩頭，神情愉悅且滿足地說：「真正是極美啊！」然後，頭一歪，似是沉沉睡去一般。我也不驚惶，好像理當如此，就這樣讓母親靠著，兩人一直靠著、靠著……

「母親累了，睡了，就讓她靠著多睡一會兒吧！」

我在夢裡如此寬慰自己。

中夜醒來，肩頭隱隱痠麻，我愣坐著，覺得母親真的回來過了，回想她觀花時的滿足表情，彷彿告訴我：遠方並不可怕！

——原載二〇〇七年十月十九～二十日《聯合報》副刊

附記：兒子蔡含識旅遊中南美的相關部落格名為：

南美記行之愛在天花蔓延時 Love in the time of Rubiola

網址：blog.pixnet.net/hankris

因為高更的緣故

那年冬天，似乎格外的寒冷，一件厚厚的外套也還抵擋不住木柵的溼冷風寒。依救國團舉辦的研習營慣例，每天清晨，聚集在操場邊兒，刺骨寒風裡，我們邊哆嗦著跟隨據傳是研習營裡最美麗、最受男輔導員青睞的女學員複誦所謂的「總統嘉言」，邊彼此打量身旁由台灣南北各校群聚而來的一百餘位大學校刊主編精英，卻全然不知背後也有一雙度量的眼正灼灼注視、端詳著我們，後來才知我的人生也在那刻醞釀著往後的抉擇。

全國編輯人研習營隊結束後所剩沒有幾天的寒假裡，一疊厚厚的《高更傳》譯文翩然寄到我的手中！毫無預警地，我被託付一項工作，當時擔任《幼獅文藝》主編的營隊主任瘂弦先生，請社內黃先生轉達：

「請幫忙將翻譯稿稍加潤飾。」

雖然負笈台北已經兩年有餘，然而，仍保留鄉下人老實、認真德行的我，誠惶誠恐，甚至沒想弄清何以被編派了此項任務，只知盲目遵從長者指示且全力以赴。稿件潤飾完成並交付後的一個月左右，我忽然被告知在一場大夥兒都不知情的評比中打敗群英，莫名其妙的贏得冠冕，在萬國戲院旁的芝麻糊店，得到瘂弦先生的加冕。沒有太多觀眾，除了瘂公之外，只有黃先生和眼前黑乎乎的一碗芝麻糊做見證（原先給我的信上不是說請我吃餃子的？怎麼變成芝麻糊？）：

「我們觀察你很久，覺得你很精彩！」

啊！啊！很精彩？……什麼？……我？正為如何解決眼前那碗濃稠烏黑如溝中泥濘的芝麻糊而發愁的我，抬起頭，恍惚迷離、遲滯納悶，覺得對方的語言特異，「又不是演戲，何來精彩之說！」我在心裡嘟囔著，又不知如何應答才算得體，只楞楞複誦。（啊！可怕的芝麻糊！拿它怎麼辦？）

「……幾個學校的主編裡，你做得最好，《高更傳》的稿子改得很好……程度不錯……很好！想不想到社裡來擔任編輯……那就這樣囉！」

啊！就這樣？已經做決定了？「這樣」是怎樣？我嚇了一跳，中間一定錯過重要的環節了，怎麼辦？或許看到我驚慌的表情，一旁的黃先生好意提醒關鍵字：

「你不是說要回去問你媽？那就等你的消息囉。」

哦！對！「我要回去問我媽！」好像我是這麼回答的。多麼幼稚可笑且毫無自主能力的一句話！二十歲的人還得問媽媽？媽媽不正是我年少即矢志遠走高飛的理由嗎！她總是嫌我反應慢，跟不上她的節拍；嫌我丟三落四、成不了氣候；她恨我老分心偷看她從租書店租回來的小說，成天失魂落魄，就算拿棍子追打也不見悔改；數學、理化不是低分過關，就是高分不及格，課本周邊就知道抄滿了不相干的詩句；日記本中暗號處處，不知道偷偷搞些什麼名堂（若無其事的對談中處處透露她偷窺的痕跡）。這樣的女兒！「唉！安捏以後是要怎樣跟人競爭！」她總看著我嘆氣，讓我覺得自己一無是處。她就像慈禧太后一樣霸道，處處關心、事事宰制。台北居，一舉一動都得跟她報備，這是她許我北上念書的首要條件。我其實不想自投羅網去問她的！（可憐的芝麻糊！依然故我，黑著一張無辜的臉杵坐桌上。）

那年，我實在已經窮得發慌，卻改善無方。東吳的學生證一取出來，徵求家教的學生家長立刻駭笑婉辭，他們不放心將孩子交給私校學生（他們是睿智的，我的分解因式從來沒分解出來過）。二十歲了，卻一籌莫展，我不知道自己還能有何作為？家裡寄來的生活費才三百元一個月，少得可憐，左支右絀的，只能從三餐上撙節用度，以致成天餓虎虎的眼冒金星，偏是貧寒的家境造就了奇異的自尊心，獨行俠般的自以為是，人際關係攪得一塌糊塗，眼看路子越走越窄，卻在那日奇蹟似的柳暗花明起來：好像說工時彈性，月薪一千，職稱：兼任編輯。預料中的，母親沒有反對，只是叮嚀。真是太完美了！薪水解決眼前物質的窘境；頭銜滿足文藝少女孤高的虛榮，讓我在學校裡走路有風；沒想到的是——往後長長的一生竟從此定了調。

那碗芝麻糊終究還是原封不動地被擱置在萬國戲院旁的小店桌上，我則走上對街的幼獅文化公司樓上的編輯部辦公。看稿子、寫編輯案頭的小文；偶而跑去採訪知名作家；常常模仿瘂弦的筆跡與語氣約稿、和作家聯繫；用自己的名字小心翼翼地寫信告知被退稿的作者。忙碌的月底，窩在印刷廠裡校對名家的稿子；閒散的月初則坐到書店的地板一角，大量閱讀，和文學走得既近且遠：因為和它耳鬢廝磨，知道自己能耐不夠，空自眼高手低，因此，謹慎戒懼，不敢輕易拿起筆來。

幾年後，結婚生子，遠走北台灣的邊陲，過著放逐般的生活。落日渾圓、蘆葦飄搖，我推著嬰兒車走在黃昏的荒郊野外，忽然覺得地老天荒，人生的繁華即將散盡，再不寫點什麼，恐怕就真要來不及了！莫名的焦慮陡生，幼年時從租書店租閱的書糧和少年時在幼獅文藝狂吃的桑葉在胃袋裡交相蠕動消化，加上距離產生的美感、時間沈澱、堆積的重量，在在逼得我不吐不快。於是，我隨手就在方格子上奮筆疾書起來，傾吐出歪歪斜斜的藕斷絲連。從那之後，我日日伏案，寫作逐漸成習，甚至像吸毒一般成癮、戒斷無方。不知不覺間，竟和它一路綢繆，纏綿至今。

大學尚未畢業，卻因高更的緣故，闖進了文壇，爸媽都很開心。

自幼便立志逃離家鄉、奔赴異地的我，就這樣，二十歲那年，在台北遇見了高更；因為高更的緣故，一頭栽進所謂的「文壇」，一步一步走入命運為我安排的筆耕道路。

（詩人余光中先生在一次不經意的聊天中，聽說了我這段少年經歷，隨即脫口幫我預擬了這篇文章的題目，特此註明，不敢掠美。）

——原載二〇一〇年八月四日《聯合報》副刊

重新被召喚回來的

小學四年級結束的那個夏天，母親忽然宣佈她已經設法幫我轉學成功，五年級開學後，我就得日日搭乘公路局班車前往台中讀書。簡直像晴天霹靂！我在潭子國小唸得好好的，成績優秀，而且還擔任樂隊指揮，神氣得很！為什麼要轉學！我百般不願，卻知道抗議也是徒勞，經驗告訴我，一旦母親決定的事，絕沒有翻案成功的可能。媽媽看我一臉沮喪，生氣地說：

「你不知我是花了多少氣力才幫你轉到台中最好的師範附小，你最好乖乖的給我讀。……在庄腳（鄉下）做王算啥！有才調（能力）去城裡跟都市人拚，拚贏，才算是有真本領。庄腳學校每年考到台中女中的才幾個，到時，考不上就未赴（來不及）了。」

為了此事，我足足懊惱了一整個暑假。五年級開學前一晚，媽媽還叮嚀我：

「明早，我帶你坐車去新學校，但是，下課以後，你就要自己坐車轉來。」

那年，我還是鄉巴佬一個，從來沒有單獨出過門，學校和我家相距十公里，台中市於我是一個完全陌生的地方——繁榮、花俏且車水馬龍，感覺進了城，就像被丟進汪洋大海裡泅泳，我不相信自己有能力或有力氣游上岸來。那個晚上，我擔驚受怕、噩夢連連。

次日，我不敢掉以輕心，一路上車、下車、走路到學校，母親細細叮嚀提醒路線、標誌，我牢牢記在腦裡。放學後，循原路回返，可能因為過度緊張，也可能是信心不足，也可能城市果然複雜，我終於還是在半途迷失！至今我猶然記得那天由傍晚直到街燈四起的那段時間內，眼看車流如織、霓虹閃爍，我不敢詢問別人，只管在迷亂的街道巷弄間慌亂地來回奔走的心情，雖然最終還是找到了回程的車子，卻在下車看到焦急守候在站牌下的母親時嚎啕大哭！那是我在城市上學的第一個放學後，充滿驚疑、焦慮，讓人終身難忘。

從那之後，我開始體悟到許多的事都只能自我擔承了。日復一日，我在城和鄉之間，在店舖林立和鳳凰樹比肩的道路上走著或追趕車子。每個黃昏，鐘聲響起，我收拾書包，踽踽朝公路局的招呼站走去。獨自一人，經過醫院、文具店、印刷店、小吃店、第二市場、服裝店……一路上，東瞧西望，眼花撩亂的，卻什麼都不敢想，沒有零用錢的童年，只能朝著舖子裡香噴噴的點心吞口水、看著五顏六色招展的華服空想望。可憐的是，一直沒能交上朋友，下課後，一逕孤零零走到站牌下候車，讓夕陽餘暉目送公路局班車將我由台中運回十公里外的小村莊——潭子。

有一天，好不容易追趕上一輛車子，司機卻過站不停，讓我頓足捶胸，徒呼奈何。公路局班車的間隔時間不短，我忽然心血來潮，與其在站牌下枯候，不如往更上游走去，說不定能在上一站為疲憊的身子找到一個空著的座位。走著、走著……，忽然看見路旁矗立著一幢高掛「中央書局」的樓房，裡頭有好多的書，那是我第一次見識到大型書店。以前，一直覺得鄉下小街上，媽媽常教我去幫她租書的那幢租書店好誘人，但租書店跟它相較，簡直是小巫見大巫了。我信步走了進去，發現好多人站在書架前閱讀，一時之間，目眩神移，顧不得會不會遭來白眼，也學樣的取下一本，居然沒有人管我！我心下大喜，從此，中央書局成了我下課之後經常流連、駐足的所在。然而，也因為這樣的緣故，我經常挨打，因為一看書就忘了時間，常常因此遲歸，讓母親擔心不已。可我不能說實話，因為說實話的結果更慘，當時，國小畢業得參加競爭激烈的聯考，課外書的閱讀被嚴格禁止，說了實話，無異罪加一等、雪上添霜。

站在書局裡看書，變成生活中的重點期待。每隔幾天，就忍不住去站上一回，實在愛不釋手時，只好一連好幾天餓肚子省下午餐費用，積攢著買本新書，然後，跟熊貓一樣，每天帶著飢餓過度後的黑眼圈回家，這行徑當然逃不過精明母親的法眼，少不得又被痛打一頓。如此周而復始，母親也拿我沒法子。

當時偏愛哀感頑豔的悲劇愛情小說，夏洛蒂（Charlotte, 1816-1855）的《簡愛》（*Jane Eyre*）、艾蜜莉・珍・勃朗特（Emily Jane Brontë）的《咆哮山莊》（*Wuthering Heights*）、小仲馬（Alexandre Dumas）的《茶花女》（*La dame aux camélias*）、露意莎・梅・奧爾柯特（Louisa May Alcott）的《小婦人》（*Little Women*）……都是我百讀不厭的作品，我深深地被其中的痛苦、迷戀、殘酷、執著甚或甜蜜所魅惑，就像看如今的連續劇一樣，我每天往書架前一站，斷斷續續的閱讀，有時候會驚喜地在鄉下的租書店看到相同的書，便慫恿母親租來，我則順勢偷偷看完它。

當時的我，被城裡和鄉下老家的同學雙重孤立，母親為家事操勞，忙得無暇傾聽我的委屈。回家後，我只能躲進樓上的小房，獨自咀嚼孤獨的況味兒。功課很快就做完了，餘下的漫漫時光，要嘛冒著挨打的危險偷看媽媽借來的書；要嘛躲進窗簾後和在縱貫道上指天畫地的瘋子玩著招手的遊戲；其餘的，就是背著母親在紙上進行故事接龍，續寫黃昏在書店裡未看完的小說，或鋪排情節，或揣想結局，然後，在下回閱讀時印證，自顧自玩得好不熱烈！我將滿腔熱情都傾注在小說人物上，歌詠、哭泣，常常寫到涕泗縱橫，不能自已，又引來母親的一頓咎責。也因為

1 母親與三姊及我攝於屋前的鳳凰樹下。當時，我上小五。

2 母親與二姊三姊及我攝於屋後的鐵道邊。當時，我上小二。

這樣，我很小就立志要跟簡愛一樣，長大後要離家談一場轟轟烈烈的戀愛，即使為愛焚身，也在所不惜。

母親酷愛閱讀，照說她對閱讀的樂趣應該最為理解，但她不能鼓勵我，怕我耽溺其中，無法自拔，耽誤了正規的課程，考不上台中女中。她的擔心在我上初中時終於得到證實。當時，瓊瑤的作品風靡整個島嶼，母親也被狂潮席捲，我間接受惠，每天放學後，急急趕回家中，為的是和母親玩貓捉老鼠的遊戲，你藏我找，總能在她做飯時，蠶食鯨吞在枕頭下找到媽媽藏著的浪漫傳奇，然後，在信紙上記下纏綿悱惻的詩句，打算送給愛上的一位同班女同學，卻又膽小不敢，只能把它收藏在木製祕密盒裡；成天還在日記裡暗自吃醋生氣，好像正談著戀愛似的，跟林黛玉學習嘆氣。這般瘋狂的後果，就是考高中時，慘遭滑鐵盧。也因為這場嚴重的挫敗，那些傷春悲秋的日記、信件和我苦心孤詣杜撰的小說跟著倒楣，立即被認定是肇禍的元兇，在母親盛怒之下，全數於放榜次日化為灰燼。我悲痛欲絕，悶聲飲泣，母親以為我是為了聯考失利，其實，更正確的說法應該是憤怒母親一把火燒掉了我童年與少年放學後的所有心血。

多年以後，我結了婚，婚姻美滿。母親壓低了聲音跟姊姊說：「幸好我燒掉伊那些亂七八糟的情書跟日記，要無，就害了了啊！」又過些年，我唸了博士，在大學講堂上傳授文學知識，母親跟親戚吹噓：「若不是我將伊轉學，不然，伊一世人在庄腳做王。」奇怪的是：那些被燒為灰燼的記憶與文字，看來似乎並沒有隨風而逝，在幾十年後的某一個清晨，忽然原封不動在我的腦海一一浮現。於是，我在稿紙上奮筆疾書，重新將它悉數召喚了回來。母親驕傲地指著報紙上刊載的我的文章大聲向世人宣告：「都是細漢的時陣（小時候），我強迫伊讀很多小說！要無，哪會變成今日的作家！」

——原載二〇一〇年十一月號《小作家月刊》

挨打記事簿

小時候常挨揍，幾乎無日無之。

鄉下地方殺雞殺鴨是盛事，務農家庭藤條多，堂嫂每每將這兩件事合併處理，於是，一條條藤條緊緊綁上漂亮挺拔的公雞毛，就成了現成的清潔工具——雞毛撢子。除了撢灰塵、清家具之外，雞毛撢子在吾家有另類用途——打孩子，台灣話叫「一兼二顧，摸蛤仔兼洗褲」。家裡的每一個角落，幾乎都有一支，母親抄起來極其方便，可苦了腦筋打結的我。

母親過世後，姊妹聚談，我老好奇請教她們對挨揍的記憶，不知是姊姊們善忘，或者我太愛記仇，總之，好像只有我時時叨念，記憶像一口深井，越往裡挖，越深不見底，也越來越為黑暗。於是，我決定破釜沈舟，來個大掃除，好好將挨打原因徹底理它一理。拿出做研究的精神，先買一本記事簿，在記憶裡海撈一番，再一章一章記下。前塵往事於是一一浮現：

記事簿上的第一章，題曰：「**模糊是非對錯的扞格**」。明明在學校裡受了委屈，回家哭訴，卻又被母親毒打一頓。記憶中，母親老是覺得我所有傷心欲絕的事都很無聊，譬如：有同學造謠：「廖某人因為送音樂老師禮物，才當上學校指揮。」或「學校總值星官在升旗台下看到台上指揮廖某人的內褲」我氣哭了！媽媽說：「有就有，沒有就沒有，有什麼好哭的，莫名其妙。你有送禮給老師嗎？…看到內褲又怎樣！」我為了母親語言中所透漏的輕蔑，更加生氣，哭得更傷心，自然引來母親的不耐煩，少不得一頓竹筍炒肉絲。

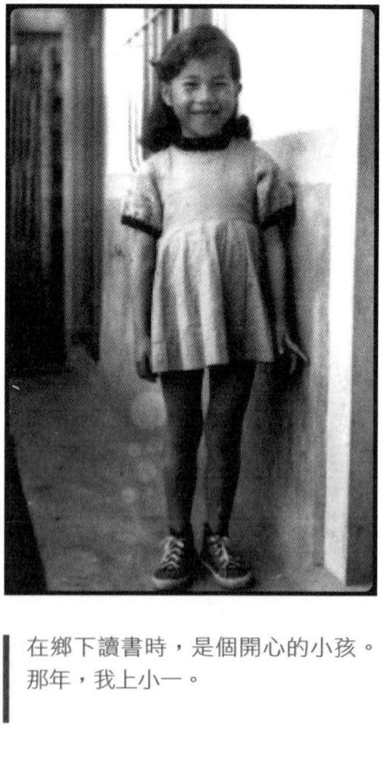

在鄉下讀書時，是個開心的小孩。
那年，我上小一。

同學為了留作紀念，在不提防間，將我的辮子剪掉一大段，讓我因此披頭散髮。我一路啼哭著回家，見到母親時，悲傷的情緒一發不可收拾。母親卻認定我一定是隨便跟同學開玩笑，才會導致這樣的結果。我不但得不到意料中的安慰，反倒雪上加霜地被冤枉，上到閣樓去哭到地老天荒，執意不肯下樓吃晚飯。母親一向強勢，豈能容忍這樣的撒野，當場又勞煩雞毛撢子出馬去請我下樓。類似的扞格，幾乎天天出現。前者是對清白認知的誤差，照說母親應該欣慰孩子捍衛名節的苦心，但我的母親不來這一套，她相信「清者自清、濁者自濁」，更確切的說法是，她壓根兒覺得那些都是小孩子的把戲，懶得搭理；而無端剪人辮子的孩子，何等可惡！母親不跟我站一邊也就罷了，竟然還懷疑我素行不良。這口氣真是讓人嚥不下去！可是，母親的強勢作風，強壓我的反彈，養成我徹頭徹尾的懦弱無能。於是，被封不雅的綽號哭，被同學孤立也哭，被老師強迫跟討厭的同學握手更哭……我不敢據理力爭，更不敢隨便回嘴，一肚子委屈盡化為流不完的淚水。母親強悍勇健，像鯀一樣，屢屢用鞭子防堵我氾濫的眼淚！

挨打記事簿裡的第二章：「**打壓強烈閱讀的慾望**」。在大力推廣閱讀的現在，一般人一定無法想像看課外書居然會挨打！那年頭，普遍貧窮，除了知識份子的家庭外，買課外書根本是奢想。但酷愛閱讀的母親，不知從什麼時候開始，一直在小鎮上一家租書店裡租書、看書，將生活中不如意的現實全寄情於書本裡的超級浪漫傳奇。那年頭，聯考的威力，跟現在沒兩樣。加上當時社會上普遍還沒有「閱讀可以幫助作文得高分」的共識，除了教科書及相關考試的參考書，其餘一律都在禁止閱讀之列。嗜書成癡的我，豈肯安分守己，總是想盡各種辦法找書看，而母親央我去租來的言情小說當然得先睹為快！無論如何被警告、如何挨揍，還是沒有一本書能逃過我飢渴的眼睛。這些書，滿足了我的心靈，卻害慘了我的四肢，媽媽的藤條打了又打、抽了又抽，我的四肢腫了又消、傷口好了又爛，媽媽總在放下鞭子的那刻，無奈地罵道：「汝敢是畜牲！為什麼千教、萬教，就是教未變！」好讀不倦的我，若是在現在，鐵定不是獲得教育部頒贈的勤學獎章，就是取得圖書館 Fun to read 的榮耀證書，成為被大力褒獎的模範生，可惜了！我生不逢時，愛看課外書的結果就只能挨揍。

挨打記事簿裡的第三章，更加血淚斑斑，題名：「**摧毀敏慧多情的天性**」。

我打小愛哭，抽咽、流淚、嚎哭……常常視情境輪番上陣。我的小哥比我長三歲，天生淘氣，只要從我身邊走過，不拉一下我的小辮子或馬尾，就感覺不順心似的。我平白被欺負，追也追不過，打也打不贏，小哥拉完辮子，一溜煙跑了，我唯一的抗議就是哭泣。家裡孩子多，母親太早為人母，既缺乏耐心，也完全不知教養理論。面對繁雜的家事，早已精疲力盡；聽到哭聲更加失去耐性，誰哭、誰惹她心煩，便抄起藤條打誰，她才沒時間、也沒精力搞清楚來龍去脈。斯巴達式的威權教育輕易就搞定讓人心煩的哭聲。而我明知哭泣無用，卻止不住辛酸的淚水，平白又被打了一頓，真是雪上加霜。在我們家，沒有所謂的「公平正義」。

另外，奇怪的是，每遇黃昏，坐在門檻上往外望，看到在村子裡，家家戶戶

轉學到城裡後，寂寞的童年於焉展開，愁容滿面。這年，我上小六。

炊煙裊裊，無來由的，我就心慌意亂；尤其看到倦鳥掠過天際，燕行歸巢，喉頭就開始哽咽，抽抽咽咽的。一開始，母親還頗詫異，因為新鮮，所以溫言詢問、勸慰，幾次下來，不堪其擾，「到底是在哭啥啦！死囝仔！給我閉上嘴巴，汝係要哭死才肯停嗎？」我卻只是哭，也知再執迷不悟地哭下去，藤條勢必出巡；然而，情緒就是沒辦法轉移，一邊哀哀哭泣，一邊急急求饒：「你就不要管我啦！讓我哭啦！我就是想哭啦！無法度啦。」可想而知的，結局還是悲劇收場，和藤條一逕綢繆到底。而我，不只見歸鳥哭；起床楞坐見窗櫺邊螳螂項折而死也哭；看完歌仔戲的悲劇結局，回家後，躲在房裡傷心，也哭；

偷看生離死別的愛情小說更是哭個沒完；傷心之餘，進而閉門謝客，拒絕吃晚飯的戲碼因之不定時上演，媽媽只差沒踹門捉拿，氣得她張牙舞爪！

如果我生長在知識份子的家庭，那樣的我，也許會被歸類為敏感多情，接受百般的呵護，家長可能竊喜將出現一名像維吉尼亞·吳爾芙一樣的名作家。可惜我母親雖然看遍了租書店裡的世界名著，卻從來沒有做過相關的聯想，她就直覺這孩子莫名其妙！無非就是皮癢、欠揍！

挨打記事簿裡的第四章，題名：「**扼殺影壇閃亮的明星**」。我不得不承認在這一點上，我的行止確實有些誇張，但應該仍屬大人能夠容忍的範圍。

那些年歲，正風行黃梅調。大街小巷，充斥著「遠山含笑」、「十八相送」、「樓台會」、「遊龍戲鳳」……的旋律。凌波風靡全台灣，我從小瘋狂癡戀女扮男裝的歌仔戲小生。這回，理所當然忙著追逐梁兄哥。在學校的午休時間，幾個同學擠著頭聽我連說帶唱《梁祝》、《七仙女》、《血手印》……的故事；學校選模範生時，我還帶頭到各班唱黃梅調拜票，熱鬧得不得了。

星期假日的午後，全家人都不知去向，我摘了父親親手栽植的黃菊花插鬢邊，額頭上綁上從喪家帶回的白布條，反穿媽媽的長大衣當水袖，就對著客廳的大鏡子邊哭邊唱「哭墳」，正當「梁兄啊！梁兄啊！不見梁兄見墳台……」涕泗縱橫之際，母親推開大門，拉開窗簾，看到我哭得慘兮兮，氣得抓起藤條一路追趕，嘴裡喊著：「係安怎？恁厝是死人是嘿！穿這樣！汝係死老爸抑係死老母！」

我雖然承認這樣的串演有些觸霉頭，但是，被聯考緊箍咒束縛得失了生活情趣，又沒什麼朋友的我，既沒有去飆車、也沒去殺人放火，只是一人分飾二角，唱唱哭調，抒發鬱悶的心情，說來也算是從事正當娛樂！幹嘛得那麼咬牙切齒。何況，當時若能讓我適性發展，說不定影壇要多一顆閃亮的明星亦未可知！

挨打記事簿裡的第五章，我覺得最冤枉，題名：「**先天記憶體不足**」。

母親老在我看書看得正起勁兒時，在樓下大聲吆喝：「去幫忙買醬油跟味素。醬油要味全不要味王；味素要味王不要味全。」你瞧瞧！這不是故意為難生性迷糊的我嗎！首先，你正著迷在書本中的情節哪，哪去注意媽媽叮嚀裡的些微差異；等你回過神來，只覺「味王」、「味全」，餘音嫋嫋，到底哪個該味王？哪個該味全？真是難煞人也。就算冒著「你係把我的話當作馬耳東風」的挨打風險，再度問個清楚；出了門，光跳過一條水溝，也馬上腦漿糊成一團。偏是味王、味全不但味道有差、價位也不同，等你站在舖子裡想了又想，覺得自己終於十拿九穩，下定決心買了回來，才發現大錯業已鑄成。母親輕描淡寫：「拿回去換！囝仔郎要自己負責！」負責什麼呀！方才的買賣沒付現，已經難為情死了，如今這重新一進一出，又得面對那個讓你慚愧欲死的記帳本，那裡清晰記錄著你們欠老闆娘多少錢？你們有多窮！你們挪用了多少沒有能力負擔的孫中山，老闆娘臉色當然難看加三級，你抵死不肯再度前去。結果呢？……嘿嘿！你猜對了！自然免不了又是一頓竹鞭子伺候！母親將我的一身傲骨打成繞指柔，最後還是得深呼吸一口氣，然後彎腰諂笑回去面對那本被塗改、登錄得千瘡百孔的帳簿。

記憶體嚴重不足一直是我的罩門：作業忘記帶、便當遺忘在家裡的桌上、忘了該從學校裡取回在學證明書，丟三落四的。偏偏母親屢屢喜歡測試我的記憶，我則不明白遺傳基因不良應該可以怪罪誰！

挨打記事簿裡的第六章，題名：「**術業有專攻，天下無完人**」。每個人都有屬於自己的強項，少不得也有若干的低能之處。小時候，屬於我的強項，譬如注音、朗讀、演講、作文、書法…等比賽，我總是每戰皆捷；可是，對需要拼裝或修理、繡補的東西，一向一籌莫展。學校家事課的作業，不管瑞典繡、塑膠籃、縫釦子，對我而言都是高難度的學習。光是車一條簡單的抹布，我都可能車斷好幾支粗大的針頭。

在學校課堂上，當場實作，有同學罩我，大夥兒八人一組，或車抹布，或炸開口笑，我只要一旁負責說故事，其餘都可豁免；但需要真功夫的巧活兒，常常一回家就束之高閣，忘得一乾二淨。直到最後繳交期限的前夕，才開始著慌，一把鼻涕、一把眼淚的，總是惹得母親大發雷霆，邊罵邊拿著棍子追打！最後，被打得倦極而眠，作品都是母親連夜幫著趕工完成。像這般的專業不符，依現代的教養理論來衡量，其實都是可以被寬諒的，誰有那能耐樣樣都精通！何況思慮不周，也是人之常情，為此挨打，唉！真是吹毛求疵啊。

挨打記事簿裡的最後一章，題名：「**默契不足**」，這也是我生而為我母親的女兒，最不為她所諒解的地方。母親天生敏捷俐落，舉一隅立刻能以三隅反。偏我沒遺傳到她的精明幹練，成天忘這、忘那就算了，她急性子，語言趕不上腦子的速度，講話常常缺這、空那，我的姊姊們總知道如何幫她填空，只有我傻楞楞地等著她說出完整句子，譬如：母親一邊在鍋前下油，一邊急慌慌朝我說：「把那個……那個……哦！那個……拿來。」我因常挨打而驚慌莫名，睜大了眼睛問：「什麼？什麼？……要拿什麼！……」母親懷疑我故意整她，就等在哪兒，存心考驗她說不說得出來。冤枉啊！大人！我哪裡敢給老天借膽！純粹是反應遲鈍而已。

母親一生最恨反應遲鈍的人，她站在窗口往外望，我湊過去看她看些什麼！湊巧她一轉身，踩到我的腳，立刻抄起鞭子追打，一邊恨聲不絕：「人要走，也不知閃去一邊，害我踩到。汝係目睭青瞑是嘿？」所以，她生下我，算她倒楣；而我遇到她，不知是福是禍？事實上，因為經過她不厭其煩地以鞭子調教過後，如今，居然偶而也有人稱讚我反應快，身手矯捷！難道挨揍還真管用嗎？還是潛藏的母系基因開始冒出頭來了。

在記事簿上一章章寫著、寫著，外子順手取過，看完，若有所思地說：「以前，聽你說起小時候挨打的事，還滿同情你的；可是，如今看完這本本子後，我反而開始同情你媽了。」

兒子笑著搭腔：「媽！沒想到你小時候這麼白目！」

女兒開懷大笑說：「媽！看來我真的是你親生的，以後你千萬別再怪我反應遲鈍；而你也確實是你媽親生的，雖然你不打我，但是，本質上你跟你媽真像啊！」

「再講！欠揍啊！你們這些人。」我說。

——原載二〇一〇年十二月十～十一日《中國時報》人間副刊

爭取一個座位

母親的性子急，脾氣不好是眾所皆知的。過年期間，經常氣極敗壞地罵人、打小孩，總是用小跑步的姿態行走，似乎未曾在椅子上坐下來歇會兒。活兒實在多，時間又一律跟平常一樣只有二十四小時，所以，她非常需要奧援：跑腿去買醬油；削蘿蔔皮、磨蘿蔔泥；炊粿時幫忙生火；殺鴨、鵝時設法除去臉上叢生的絨毛；敬備拜拜時的牲果；屋子裡的紅眠床還需要順著精雕細琢的紋路一路仔細清除污垢、灰塵……，母親的動作再是俐落，也趕不上精明的腦袋，成天吆三喝四，嫌我們手腳不夠麻利，為我們和她的默契不足大發脾氣！過年對我而言，是「災難」的代名詞，這時候，更凸顯我在家事上的笨拙和愚昧，自然，和其他姊妹相形之下，挨罵、挨打的次數也明顯多上許多。

過年最討厭的事還不止此。客人來了，端茶水、捧果盒伺候還不打緊，最要命的是老是得餓著肚子等家裡的男人和客人談笑用餐之後，才輪到飢腸轆轆的小

孩和女人收拾剩飯殘羹！王小棣多年前導演的《稻草人》裡，孩子巴望吃魚，挨擠著在門外窺伺客人吃飯，看到客人吃到魚都翻面了，絕望地大哭！實在道盡了當時物資短缺的窘境。只要是從那個時代走過來的人，看到這一個畫面，誰能不心有戚戚焉！

那時候的我，最討厭的是，男人雄踞飯桌，滔滔言說，老忘了還有餓著肚子癡癡等著他們下桌的小孩和女人；那時候的我，沒有注意到的是，忙碌的母親，似乎從沒能從容地坐上我們留給她的那把飯桌前的椅子，她一逕招呼這、招呼那，也許因為太累，根本食不下嚥。

剛結婚的第一年，以為從此自立門戶，脫離母親的魔掌，可以獨當一面的主中饋，具體落實我心中埋藏已久的革新策略。誰知，另一種形式的考驗正在前方等著，這時，才知傳統觀念的根深蒂固，實在超乎想像。

平日看似病弱、溫和的婆婆，竟然比母親更傳統，她溫柔而堅定地執行著既定的程序，雖長年為氣喘所苦，身體虛弱，但過年期間的一切傳統禮俗，可是一點也不肯苟且的。該做的年糕、蘿蔔糕、發糕，一樣不少；拜拜時的規矩特別多，哪些菜不能上供桌，必須敬備幾種或幾碗菜色，拜拜的程序和規矩……等閒不得打折。她一樣、一樣慢慢地埋頭苦幹，從早忙到晚，有人幫忙也罷，沒人協助她也毫無怨言。婆婆和母親的區別是，母親強悍、橫潑，婆婆柔弱、倔強；在娘家，我被媽媽的強悍逼迫著參與；在婆家，我被自己的良心鞭笞著不得不共襄盛舉。她們的最大共同處是再苦、再忙，都從來沒有萌生過對傳統質疑的念頭，也從來沒聽她們埋怨或叫苦。每逢過年，她們老像飢荒年代即將來臨般宰鵝、殺雞，烹魚、燉菜…，在廚房裡囤積大量食物，伺候家人、朋友之不足，還得兼顧天上的神明和祖先。

說來慚愧，在儒家「溫柔敦厚」詩旨長期濡染下的我，雖然貌似溫厚，也謹守各式規範，但是私心裡卻常常有乖張的悖逆想頭！這樣的想法一旦萌芽，便如竄生的野草，很快便盤據腦袋，只要一點星星之火，隨時有越界延燒的危險。

在娘家時，畢竟年紀小，只要應付差遣即可；到了婆家，可不能再這樣被動行事！一年才一回，雖然對這些繁文縟節感到極端不耐煩，表面上卻得裝出欣然以赴的樣子——每天咧嘴微笑，行事應對盡量符合公公口中的「賢媳婦」形象，發揮奮發有為的主動精神。平常在台北的小家庭裡，外子總是無怨無尤地幫忙家務，我也視之為理所當然。但是，只要回到婆家，我總顧念婆婆心疼兒子的心情，所有的活兒一概自我擔承，豁免外子所有勞務。但是，日子久了，壓力累積到一定的程度，蠢蠢欲動的不平就會不時被召喚出來。

最讓我不能忍受的是，女人在廚房內忙得暈頭轉向、披頭散髮，男人卻只需在客廳端坐，或嗑瓜子、或喝茶或應酬賓客，不時發號施令：「茶呢？」「什麼時候開飯？」「水果切好沒？」……女人便得忙不迭的為回應這些問題，放下手邊敬拜諸神的活兒，進進出出為他們服務。這當然不是我的娘家或婆家的特異現象，它幾乎是台灣大多數家庭的共相。

應該是結婚第二年的大年初一吧！喬裝的賢慧終於露了餡兒！積累的不滿在早餐桌上爆發開來——我在新年第一天早晨公然絕食抗議！

這可是說來話長的事。婆家有一張貼著牆壁放置的小桌，每天早上，女人清晨即起，灑掃庭除外加洗手作羹湯之後，男人懶懶起身，便坐到桌前的圓凳上吃早餐。我對此事一直有忿然之色，因為位子少，約莫只容三人圍坐，如果大夥兒不同時起床，陸續就座，還則罷了；若是逢年過節，大夥兒差不多同時吃早餐，就只見男人毫無愧色地大方落坐，婆婆便添了稀飯，夾些醬瓜蔬菜，躲到一旁去吃！我日日冷眼旁觀年餘，覺得荒謬之事莫此為甚！新婚時，尚且強壓不平之鳴；到了第二年，我試圖壓抑怒氣，笑著提出改善方案：

「把桌子往外拉一拉吧！這樣位子多些，每個人都能坐下來。」

包括外子在內的男人都沒說話，繼續捧著碗；婆婆依舊端著盛著飯菜的碗到客廳角落的椅子上吃早餐，邊走邊說：「無要緊！」事情就此不了了之。我站著，企圖作困獸之鬥，再度開口：「那我坐哪兒？」外子察覺我的不悅，及時立起身子，說：

「喏！你來這兒坐，這個位子讓你，我就快吃完了！」

「我才不要你讓座！……我不吃了！吃個飯，連個位子也沒有！」

接連勇敢地拋出三個驚嘆號後，膽氣忽然沒了，不敢面對不知如何收拾的殘局。我奔進裡屋，從包包裡掏出車子的鑰匙，往外頭跑出去。外子放下碗跟著跑出去。我用眼睛的餘光看到屋子裡的所有人都呆掉了，捧著碗，不知所措。

在車子駛出四合院的最後一秒鐘，外子衝上車。我飛快地往台中港開去，眼淚直直落了下來。溫度很低，天空灰灰的，一派風雨欲來的模樣。外子一旁直說：

「幹嘛！不過就是一張椅子而已，我不是說讓你坐了嗎！」

「誰要你讓！辛苦了一整年，連個自己的位子也沒有！把桌子拉出來一些，大家都可以坐，就只是這麼簡單的事也不肯答應！你們根本就是歧視女性。」

「哪有！誰敢歧視你！……因為廚房窄，拉出來佔地方，幾年來都這樣，你不要想那麼複雜啦！」

「因為廚房窄？那為什麼不是你們男人站著？你們這些什麼事都不做的男人閒閒坐著，讓忙得背都駝了的媽媽躲到一邊去，吃飯時，連個位子都沒有！這算什麼！」

「哎呀！我們從小就一直是這樣的，媽媽也不在意，你幹嘛牽拖那麼多！」

「好！媽媽不在意，我在意！行吧？我就是小家子氣，我想要有一個屬於我的位子，這也不行嗎？我娘家的媽媽雖然重男輕女的厲害，但是，她的辛勞大家都看到，吃飯的時候，就算她忙東忙西，沒功夫坐下來，但是，我們一定會空出一個最好的位子留給她。……為什麼你們對媽媽這麼不好！為什麼你們對女人這麼壞！」

「好啦！好啦！算我錯了！從小的習慣，也沒想那麼多。回家後，我想辦法幫媽媽跟你喬個位子，這總行了吧！不要生氣啦，這樣很難看哪！別把爸媽都嚇死了。」

那天之後，我終於為自己爭取到一個吃飯的位子。

一九二八年，維吉尼亞・吳爾芙在演講中大聲疾呼：女人需要擁有年薪五百鎊的收入及一間屬於自己且可以自行上鎖的房間，才能毫無顧忌的寫作！而我，在那篇〈自己的房間〉問世後的五十年——一九七八年，才爭取到飯桌前一張可以安然落坐的椅子以平息男女分工不均的怒氣！但當時的我並沒有意識到自己糊里糊塗地在台灣中部小鎮上四合院內的一間屋子裡，邁出了爭取兩性平權的第一步。

——原載二〇一〇年二月十四日《中國時報》人間副刊

逐夢而行

長期失眠，讓我對睡眠一事格外敏感，越夜越恐懼，因為越夜越精神！相當讓我困擾。好不容易睡著了，又老做夢！一入睡，幾乎和夢共始終。

年少的時候，反共教育裡殺朱拔毛的口號在夢裡發酵，黑白的噩夢，一逕子彈如雨下，我騰雲駕霧、飛簷走壁，死命逃避共軍的追緝，直到精疲力盡！奇妙的是，政府解嚴，兩岸開放，我長期的逃命惡夢也跟著自夢中蒸發；數學考試的夢魘似乎永遠無法醒轉，老早過了考試的年齡，分解因式卻如影隨形，即使教書已然三十餘載，仍然無法掙脫桎梏，夢裡讓我焦慮無比的考題，細想起來也仍然還是可怕的分解因式。

上了四十歲後，陡然橫生另一個讓我涕淚淋漓的夢。每回中夜驚醒，枕頭上總是淚水。夢中的場景，一逕是童年時期老家的稻埕。午後時分，失蹤多年的母親忽然自四合院圍牆外踏入，坐在門檻上發呆的我，驚喜莫名，卻連開口叫媽都緊張，怕一聲輕輕的「媽！」會嚇著她，然後，她會像一縷輕煙一樣的消失。小小年紀的我，因為母親的歸來，高興地繞著稻埕四下歡呼狂奔，直到警覺她有可能從後門偷偷溜走，即刻轉身衝進屋內，緊緊跟在母親身後，雙眼緊盯，唯恐母親趁隙逃走，那種步步為營的焦慮，讓原本因為母親長期失蹤的委頓情緒，瞬間高亢起來。

夢裡，回家幾天後的母親，忽然又說不得不走。父親在稻埕上和母親對峙著，試圖讓母親改變心意。母親抿著唇，不回答為何得離家的追問。無奈何，父親低聲下氣求她：「我要怎樣做，才能讓你留下？」母親一逕倔強，垂睫不語；哥哥姊姊彼時都不知去向，只有我一旁無助地嚎哭。母親望向我，忽然心軟似的，提起行李走回室內，危機得以暫時解除。然而，饒是這般緊迫盯人，母親還是在某一個黃昏，毫無預警地從四合院裡消失。或許是灰了心了，我倒是堅強的沒有流淚。只是內心那種無法言傳的絕望將我重擊得心都碎了！

然後，接下來的畫面，場景換到了墳前。陽光熾烈，我撐著黑傘遮住墳頭。淚一直流、一直流，父親的墳上，母親依然缺席，她為何失蹤？去了哪裡？我才幾歲，父母依然少壯，怎麼無端就變成失怙、失母的孤兒。每次總是哭到噎到才驚醒。

那樣的夢，一做就是二十年。推算起來，惡夢始於父親病弱入院之後，四伏的

爸媽吵吵鬧鬧過日子，
卻相互依賴甚深。

危機籠罩，死亡的陰影殷殷。但是，母親離家的夢又是怎麼一回事？怎麼至今二十年猶然縈繞不去，為何每隔一段時日，我總是要為了母親的離奇失蹤淚濕枕衾？「日有所思，夜有所夢。」我追源溯本，忽然想起母親一生中唯一的那次離家出走。那年，我三十五歲，剛正式開始持續寫作！稿子在報上密集出現了七、八篇。

父母雖然長年爭吵不斷，卻又相互緊密依賴，他們之間存在著奇異的恐怖平衡，這是我自小觀察、思考的結果。我出嫁後返家，父親總是以受害者的姿態喋喋訴苦；面對丈夫的投訴，母親則一逕冷眼相向。偶而出言警告：

「汝趁這陣就盡量講好啦，等女兒回去以後，看汝要安怎？無人會煮飯給汝吃！」

「袂煮（不煮）就袂煮，誰驚誰！」父親雖然語句強烈，聲音卻明顯變小，幾近喃喃自語，最後，總以搔首睨視作結。

那次父母的爭吵，我們做兒女的全都缺席，沒人居中調解，到底真相如何？孰是孰非，無法論斷。不過，父親生性粗略率直，像往日一般，全然沒當一回事，依舊和友朋在棋盤上廝殺個沒完；及至晚餐時分，客人散去，這才發現灶冷人清，母親竟然不知去向。起始還輕鬆地打電話四處詢問，及至深夜，母親仍下落不明，才慌了手腳。面對兒女或面責或電話裡盤詰，仍惶惶然不知自己身犯何罪，竟導致太太看破手腳，必須離家出走。

母親氣得離家出走，父親渾然不知，
猶且在楚河漢界的棋盤上廝殺。

那天，我在台北家中，怎麼也想不出來母親可能去了哪裡。所有親戚朋友的電話都打遍了，就是遍尋不著。母親脾氣不佳是事實，但只有被她氣得離家的孩子，從沒見她示弱出走。聽姊姊轉述，父親雖然不明所以，但母親反常的舉動，讓他感覺彷彿大禍臨頭似的，所以，雖被晚輩圍剿，卻不像往常般出言辯駁，姿態放得極低。

那晚，煩惱至極的我被驚嚇得徹夜未眠。次日，當我安排好家務及工作，即將返回台中應變之際，忽然電話鈴聲大作，母親致電來了，說是人在溪頭，巧遇東吳學生，寒暄問起，日文系的學生居然認得我這位作家！她驚喜莫名，竟忘記賭氣離家的事，趕緊跟我報喜來了！那刻，我不自禁淚流滿面，一則歡喜終於尋獲母親，再則更對古人所說「光耀門楣」四字產生殊異於往日的深刻感受。

仔細推究，那樣不停啼哭的夢，原來是緊追著母親出走及其後父親的病弱而來，二者交纏，遂逐漸形成可怕的夢魇，一路追隨，它明白昭告我潛意識裡對失去親人的恐懼。這樣的夢，竟然一做就是二十餘年，而在母親亡逝後的這四年來，更密集出現。我仍舊不時深陷夢境，哀哀哭泣，淚濕衾枕，以為眼淚能夠力挽狂瀾，起死回生。只是，以往總是在驚夢之後，於中夜撫胸慶幸只是噩夢一場。如今，母親已確然遠走他方、一去不回了。

夢，原來不一定永遠持續只是一場虛幻的夢，它，也可能像一則神諭，為我們預示未來，告訴我們，夢做久了，也可能成真。

——原載二〇一〇年十二月十七日《中華日報》副刊

以為來日方長

母親過世前三年，我買下了老家的房子。那陣子，家人或多或少都在經濟上有所短缺，母親覺得與其留下遺產，不如在兒女們最需要的時刻支援。於是，委託仲介賣房求現。然而，或許是當時房市不景氣，廣告許久，都沒找到合適的買家，母親十分悵然。而我考慮到母親的剛烈性格，若真將老家出售，到時候得搬去與兒女同居，跟晚輩生氣時，連個退路也無，以她不肯稍受委屈的個性，不是會要了她的命嗎！湊巧，我們賣掉一間在台北住家附近的工作室，於是，在外子的支持下，我們便打算將老家買下來。

「媽！就請將老家賣給我們吧！就算父母百年之後，我們也捨不得離開，希望還能守住一家人住過的房子。我們這時候買下來，汝有現金可以幫助兒女，而且也能放心住下去，免得萬一去跟兒女住，跟人生氣的時陣，無厝可回。」

母親聽完，笑罵著說她才不會跟兒女生氣，屆時，伊會認份；但我們可以感覺

到她言語間的寬慰之情！這算得上是兩全其美之計吧！老家不必易主，再怎麼說，女兒想保住和父母同居的屋子，總是父母很大的安慰吧！

如今，母親仙逝已然將屆四年，這四年多來的變化何其多！長者不是相繼過去，就是病痛纏身；我們雖然看似平安無事，卻也不免受到周遭變動的干擾而隨之心情低落。奇怪的是，生活越加忙碌，心情越為起伏，我卻越想奔回老家，像取暖似的，在高速公路上不厭其煩地來回奔馳，然後，怡然轉進潭子老家的巷弄。每回，不管先前的生活有多麼雜亂無章、心情有多麼波濤起伏，一走進大門內的院落，心情便神奇地沈澱下來。

感覺彷如背叛似的，我內心開始隱隱滋生不安。

母親在世時，天天倚閭盼望；每夜慣常的電話聯絡裡，她總是不厭其煩地重複著：「什麼時陣回來？」我也是不假思索的固定答案：「最近較忙，等過一陣子再講吧！」母親放下電話的剎那，我似乎聽到一聲輕輕的嘆息。然而，當時，我的眼睛一貫注視遠方，總是用各式各樣的理由推託，回家的次數永遠不符母親的期待。如今，母親走了！庭院寂寂，再也吃不到母親做的飯菜，再也聽不到她中氣十足的聲音，再也看不到她的身影，母親再也不會出現在紅門外頭張望，而我，為什麼反倒一得空便急急奔回？

「樹欲靜而風不止，子欲養而親不待。」原先無丁點感受的課本裡的成語忽焉在現實中鮮明的閃爍著，悔恨襲上心頭。母親健在時，我老以為來日方長，以為老家的大門永遠洞開！以為只要想回去，母親就會一直守在門前等待。萬萬沒想到一向看來健康的母親也會「長辭白日下，獨入黃泉中」，歲月摧枯拉朽的能耐超乎想像！我浸淫中國文學多年，長年在課堂上對學生詮解生死，所謂「修短隨化，終期於盡」，然而，正面迎對，才知學問全不濟事。於是，只能屢屢回歸故里，重尋母親的心情和足跡，藉由一次又一次的重溫，找到前行的力量；我不停的回歸、不斷的重組，包括心理建設，也涵蓋庭園重整。

這些日子來，我喜歡坐在重新整理過的庭院裡，前後晃動著搖椅，喝咖啡、看荷花，假裝母親依然健在，只是在裡間的臥房歇會兒。天空裡，一逕浮雲悠悠，和風徐徐，正所謂「穿花蝴蝶深深見，點點蜻蜓款款飛」。我不自禁想起多年前的夏天，外子和我去美國執行國科會計畫，在芝加哥機場打電話回家報平安時，一向堅強的母親忽然在電話裡哽咽著說：「我極想你咧！你趕緊轉來吧！」當時，我大為震驚！簡直不敢相信一向像山一樣巍峨穩定形象的母親，竟然在千里之外婉聲向我求援；而我一直是家中的么女，從來未曾被賦予過重任的。那樣的聲音，有著沉沉的重量，我神思不屬，一路恍神，其後的行程都視而不見、聽而不聞。從那之後，我警覺自己也許必須開始替代兄姊擔負起家庭重任，成為母親最倚賴的女兒了。

後來才知，母親當時之所以氣息微弱地哀哀呼告，原來是不知情的醫生停掉了她的甲狀腺的補充藥丸，甲狀腺機能嚴重不足。少了幾顆小小藥丸，不但身體日漸委頓，竟連雄心大志都受了影響，人變得虛弱溫柔、我見猶憐。等到我迫不及待返台，連夜奔回中部，母親已然經過治療，恢復一向的強健。我才進了院子，便聽到從後方的廚房傳來母親元氣淋漓的罵人聲音，我頓時放下心來。從來沒有一刻，是如此寶貴且珍愛著母親尖銳橫潑的凶悍。原來會罵人的母親，才是健康的母親、才是讓人放心的母親啊！

那年，回到老家的次日午後，卸下了操煩的心事，也跟如今一樣，坐在搖椅上，晃悠晃悠的，聽鳥叫、看蜻蜓飛……母親在裡間的臥房午睡，我覺得歲月不驚，人生靜美。而從那之後，兄姊們或因個人小家庭的版圖逐漸擴大，或因年紀漸長、身體違和，無暇兼顧，身為老么的我遂真的開始承擔起一些家庭的重要決策。

然而，即使如此，仍只是停留在責任感的驅使層面，終究還是缺乏警覺性，沒能及時掌握和母親相處的時刻，忙碌讓我錯覺來日方長。

詭奇的是，母親走了，我卻反常的克服萬難，勤於回去那個業已沒有母親等待的家，如此莫名的舉動，深深困擾著我，進而萌生隱隱的愧疚。我在老家做的任何變動，都夾帶著無法言宣的矛盾心情。當我將屋子整個翻新過後，坐在簇新的客廳裡，我會不停地自責著：

「為什麼母親健在時我沒有想到這樣做？沒有設法讓母親住得更賞心悅目些？」

外子跟我開解道：

「不是沒想到，而是不敢輕舉妄動。你不記得嗎？有一回，我們想將客廳已然破舊的玻璃櫥打掉重做，媽媽直嚷著東西還好好的，幹嘛浪費錢？」

沒錯！是這樣的。節儉成性的母親，的確不喜歡我亂花錢。可是，將老舊的屋子稍作更新應該不算浪費吧！還記得為了母親膝蓋不好，進臥室休息得艱難跨越，我們沒有徵得她的同意，逕自將她臥室墊高的木頭地板整個敲掉，重新鋪設以弭平臥室與走道間的差距高時，她不是非常歡喜嗎？甚至將我們的體貼到處宣揚嗎？媽媽嚷著不要浪費，會不會只是捨不得讓我們多花錢而已？我又提出另一個疑問。

「哎呀！事已至此，胡思亂想有什麼用？其實，我也不是沒想過，只是大剌剌地作主打這個、敲那個的，好像是在宣示房子已經易主似的，怕媽媽心裡不舒坦。我們不是說要讓媽媽安心住著，覺得沒什麼改變，感覺那房子還是屬於她的嗎！」

話是如此沒錯，只是，再怎麼說，我還是沒辦法釋懷。一夜，我夢到母親滿頭大汗，找不著家裡原來的大紅門，惶惶然在巷弄間轉來轉去。我從夢中驚醒，搖醒外子說：

「完蛋了！紅色鐵門換成黑色木門，媽媽認不得，回不來了！怎麼辦？」

外子以為我正說著夢話，沒搭理，翻個身又開始打呼，我卻再也睡不著了。

在黑暗中，我開始反覆思考：我花錢整理三十餘年的老屋所為何來？有可能回去長住久居嗎？以目前忙碌的狀況而言，機會堪稱微乎其微。那麼，是為告老還鄉作準備？以我長期經營的人際網絡看來，也未必如此。那麼，到底我是怎麼啦？

遙遠的過去慢慢在夜色沉沉中浮出：以往每次返家，父親總是開心得不得了，講話聲音特別大，笑聲特別頻繁；而母親老糾集大批人馬來共相盛舉，她自己則在廚房內忙得不亦樂乎。父母親一向喜歡熱鬧，母親臨終時最耽心的是一旦她離開了，往日的盛況將不再，兒女們也許從此各奔東西、不相聞問。有一回，她和嫂子生氣，到台北來跟我告狀，我只委婉為嫂子說了幾句話，她氣我胳膊往外彎，不挺

溫馨的母親節，康乃馨、蛋糕和兒女環繞是母親最大的安慰。
只是，母親如今安在？

她，立刻要打包走人。我情辭懇切說明：

「媽！我怎麼會向著別人，女兒當然最愛的是媽媽啊！我為嫂子解釋，說她只是無心之過；不是故意要惹您生氣，目的是請您別胡思亂想，傷了身體，最終還不是因為愛您。」

她還是氣！生氣我們姊妹都只護著嫂子，不管媽媽受了委屈：

「這叫愛我是嘜？跟恁講什麼，恁攏講你嫂子無問題，那意思是講問題攏出在我身上囉？」

我一急，賭咒發誓，說盡好話：

「我們說嫂子的好話，就是希望嫂子對您好！你相信嗎？萬一有一天您不幸過世了，搞不好我從此就跟他們不相往來了！根本不再理她！我幹嘛委屈您去討好她！」

事情總算在我又發誓、又賭咒間草草結案。可是，母親顯然對此事萌生新的疑慮，在幾天之後的一次閒聊中，她忽然若無其事地提醒我：

「等我若死，恁兄弟姊妹千萬不可就此散去，大家還是要常常來來去去，知否！恁阿嫂也不是故意的，我們做人就要看卡開咧！免太計較。」

我啼笑皆非，只能點頭稱是。

這一回思，我終於了然自己那潛藏的心事了！原來，我全力以赴只為母親希望兄弟姊妹不要散去的心願。久病無法自由行動的二哥無他消遣，我特地為他闢了一個痲將間，回老家時，便抽空招他回來，陪他玩一局；嫂嫂、姊姊們都嗜喝咖啡，我刻意添購比利時皇家咖啡壺回來，期待在花事爛漫的院落間共飲閒聊；把每個房間一一佈置妥當，備上足夠的棉被、鋪上雅致的床單，希望從遠地回來的兄姊有一個安穩的落腳處……所有的一舉一動，全是為了不負母親手足不散的遺願，讓母親能含笑九泉，以彌補昔日誤以為來日方長的憾恨啊！

——原載二〇一一年元月《中華日報》副刊

味道

母親死了！她小心翼翼地從母親冰冷僵硬的脖子上取下圍繞著的紫色圍巾，順手圍到自己的頸項。剎那間，母親的特殊氣味撲鼻而至，她微笑著，覺得母親猶然活著，和她緊挨著。幾天後，圍巾上母親的氣味漸失，終至完全絕跡。

她從櫥櫃內，翻出母親臨終前時常穿著的外套，日日夜夜穿著，不時低下頭嗅著，像獵犬追索獵物一樣。接著，母親的內衣出籠，母親的帽子、手套、睡衣相繼出現……。幾個月後，母親的味道從圍巾消失；從外套出走；從內衣、睡衣逃脫；從帽子、手套邊遁去……大熱天，她渾身裝裹著母親的遺物，像臨終前的母親一樣，雙腳交疊，兩手支頤，成天坐在客廳的沙發上發呆。進門的人，乍看都嚇了一跳！

母親走了，她把自己坐成了母親。

——原載二〇〇八年三月二十三日《聯合報》副刊

就算媽媽不在了！

媽媽的喪禮辦得溫馨，我們婉辭任何達官貴人的輓聯，為免過度驚擾，讓遠方無法前來致哀的親朋徒增困擾，只就近發了幾張訃聞給中部附近的親朋好友。訃聞上，我們如此周知諸親友：

我們的媽媽廖林嬌霞女士永遠熄燈就寢了！

今年舊曆新年，和我們吃過年夜飯後的母親，平靜地被推進台大醫院，持續自去年九月起開始進行的胃疾治療，經過兩個晝夜的生死拔河，終於還是敵不過死神的召喚，在中華民國九十六年二月二十日（年初三）凌晨安詳仙逝。生於十年二月五日的她，享壽八十七歲，身為子女的我們，雖然萬分不捨，卻也體認生死有命的天道，只能含淚恭送母親駕鶴西歸，一路好走。母親一生豁達，從不諱言身後事，生前曾再三叮嚀，喪葬事宜重在心意，務必一切從簡，只要儉樸莊重即可。子女不敢違逆，謹遵遺命，故婉辭各項花籃、奠儀、輓帳、罐頭座、陣頭。然而，母親最愛熱鬧，最喜朋友親戚到訪，倘設親朋好友能撥冗前來送她走完人生的最後一程，子女將感激萬分。

於是，在風和日麗的日子，除了親戚之外，一向幫媽媽洗頭、燙髮的秋娥來了；媽媽最常光顧的豬肉攤老闆娘阿玉來了；定期幫母親清潔屋子的阿月仔來了；經常替母親解決疑難雜症如修漏水、換木地板等的阿興也來了！……大夥兒齊聚一堂。我們依照母親生前的指示，為前來送行的人奉上一條小手帕並別上一朵小白花，就在簡單莊重的儀式下，向母親鞠躬致意並告別。

那天的天氣意外地溫煦，大家雖然依依不捨，卻慶幸母親往生的過程沒吃太多的苦頭。我哭倒在靈堂前，沉浸在悲傷中，心裡徬徨，不知失去母親的生活該怎麼辦。

幾天後北上，我仍習慣性地在晚間七點整拿起電話問候母親，這才想起母親已經不在了！我去市場買菜，入目的雪白米苔目，好像在跟我招手說：「來嚐嚐你母親的最愛吧！」和外子到大賣場，看到架上的雞蛋布丁，外子忘形的趨前想為岳母添購幾盒，舉步才想起母親不在了！在街角等候紅綠燈時，紅磚地上，小小機器

人騎著腳踏車轉過來、繞過去，我本能的揚起手想招呼母親前來觀看她最愛的小人兒；文章刊登了，我在第一時間想跟母親分享，卻再也找不到她了；而女兒有了心事，想跟以前一樣找外婆訴苦，外婆慣待的房間卻已人去屋空……。

一個月過去，我整理了亂糟糟的心情，打電話通知一些尚不知情的親友。在台北車站上班的俊家，是母親的忘年交。當年，他在台中加工出口區上班時，和幾個朋友在我家租屋、包飯了好長一段時間。幾十年後，俊家攜眷尋來，向母親表達曾經接受溫暖照應的謝意。母親激動難抑，高興得不得了。母親過世一個月後，聽到我報喪，電話中，俊家哽咽失聲地說：「怎麼沒讓我去靈堂跟歐巴桑見最後一面，你們應該早早告訴我的……」然後，竟難過得說不出話來。

L和A夫婦，是我們的朋友中最得母親歡心的。臨終前，母親或許因為體力不支，已極不願見客，唯獨在聽到他們夫婦來訪時，精神大振，竟兩度起身和他們閒聊，讓家人大吃一驚。他們聽說母親往生，特地前來慰問，在點著燭光的母親照片前合十流下不捨的眼淚。我們一起在樓下小店吃過晚餐即將回家，臨開車之際，遙控鎖卻奇蹟式的兩度在打開後又自動回鎖。

「是不是廖媽媽像上回一樣，要我們飯後再去陪她聊聊？」A不禁發出合理又多情的疑問，即刻上樓和母親的照片再次打招呼、說再見。

住在潭子老家對門的秋娥，每在我回中部，前去洗頭時，跟我細數母親獨居老家時的一些不為我所知的瑣事，解我相思之苦，讓我倍感溫暖。上老家附近的菜市場買雞肉，不知情的老闆娘竟問：「哪會極久沒有看著歐巴桑了！」這回，輪到我喉頭酸楚，哽咽難言；而得知母親往生，剎那間，她吃驚地張口結舌，終至掩面落淚；逃到豬肉攤前，阿月仔的婆婆邊切肉邊問：「轉來啦？後事攏辦好了？」然後遞過豬肉，情辭懇切叮嚀：

「就算是媽媽不在囉，也要常常回來。」

我轉頭奔逃，淚如雨下。

幾個月後，我南下彰化演講。談文學、說生活，說著、說著，談到了往生的母親，講台下方傳來窸窸嗦嗦的啜泣兼擤鼻涕的聲音。啊！是美姝——另一個對門的鄰居，十餘年前的。那個我母親曾陪著在婦產科醫院三天三夜才產下嬰兒的失聯已久的鄰家姊姊，竟然在講台下哭腫了眼睛。

啊！就算媽媽不在了，我卻好像可以常常在街市的轉角遇見媽媽。

外一輯：

彩鳳的心事！

彩鳳

電視裡，八點檔連續劇的男女主角，正聲嘶力竭的相互拉扯著，眼淚鼻涕淌了一臉。劇情在女主角賞了男主角一記耳光後，堂堂進入生離死別的高潮。獨自觀看著電視劇的彩鳳，被劇情牽引得老淚縱橫。突然，從腳底直往大腿間，一陣痠麻上來，一時之間，竟然無法挪動雙足。伊驀地一陣心慌！自從電視新聞裡，接續報導了幾宗獨居老人死了幾天都沒人發現的新聞後，伊便對自身的生理狀況特別敏感。

昨晚，躺上床，還不到十分鐘，朦朧間，突然一陣心悸，心臟噗噗跳得又快又急，伊強撐著爬起來，想到櫃子取醫生開的硝化甘油來應急，還沒走到廚房呢，就又恢復了正常。沒想到，一波未平，一波又起，心臟的問題還擔心著，這條腿又出了問題！

「身體真是越來越壞囉！」

伊輕聲喟嘆著。從上回，被公車司機粗魯的關門推出車外、撲倒在馬路邊兒之後，因為氣憤難消，伊鬱卒、憤懣，身體狀況就一年不如一年。

伊一生行事麻利，不肯稍受委屈，家族裡的老老小小，誰不敬伊幾分。卻因為年過七十，享用政府敬老的美意，乘坐免費公車，不但被司機無禮的言詞奚落，甚至被惡意的推出車外。等到路人將伊扶起，伊掙扎著要記下車號時，車子早揚長而去。勉強一拐一拐回到家，電話裡，向兒子訴苦，兒子還責怪伊：

「叫你出門坐計程車，你就不肯！現在好了，跌跤了吧！像細漢囝仔共款，就是不聽話！」

回來探望的孫子貞雄，義憤填膺，知伊無記下公車車號，還指導伊：

「阿嬤！以後碰到這種惡司機，先就記下他的車號，還怕他跑掉麼！」

囝仔郎懂什麼！若是來得及記號碼，還等恁們來安慰，早一狀告到總統府去了！這個社會越來越讓人想不通，在大學裡教書的小女兒素杏，常常說：因為戒嚴解除，很多事都會變得越來越合理。依伊看，合不合理，伊是不知啦！但是，社會越來越亂倒是真的。像這種惡質的司機，若是在日據時代，早就被抓去槍斃了，還會讓伊這樣耀武揚威！看起來，讀冊人，啥米攏不知，只會講一些五四三的！不知在大學內底做啥米，莫把別人的囝仔攏教到歹歹去！

「唉呀！」正想著，又一陣刺痛襲來。電視連續劇剛好接近尾聲，伊扶著沙發把手，使勁的想立起身子，發現竟然有些力不從心，只好任憑電視廣告大刺刺地招搖著。伊斜倚著椅背，兀自發起呆來：

「萬一，一時心臟麻痺，就去了，就壞了！啥米攏無交代，到時陣，為著一點點的財產，兄弟姊妹起冤家，是要安怎？」

這一想，伊幾乎是一分鐘都坐不住了！伊強撐著，緩步走進裡屋，從櫃子的底層翻出幾本存簿和幾張存單，戴上眼鏡細細端詳。定期存款五張，總計約一百六十萬，活存十五萬多，加上定存的利息，合起來應該有一百八十多萬吧！錢數雖然不多，到底是一筆錢。伊早知會過三個女兒：

「恁老爸無留啥財產，只有這間厝。恁查某囝仔就莫轉來想要分，萬一我若有三長兩短，這間厝就讓恁三個兄弟去繼承。查甫囝仔要拜祖公，到時，恁的印仔就要蓋出來！不能計較！知否？」

伊還記得當伊這麼說的時候，伊那個教書的女兒素杏居然笑著回說：

「媽！你如果不放心，最好趁早把這棟房子賣了，處理掉，看要給誰就給誰。人家民法裡規定得清清楚楚，女兒和兒子有相等的繼承權，你這樣重男輕女，跟不上時代了！不過，我和大姊家境還可以，是不會計較的！四姊從小就送養給姨媽，就不必考慮她！但是，二姊自年輕時，便為這個家打拚，甚至耽誤了婚姻。到時候，你做不了主，我會為二姊爭個公道的！我不會管你今天的叮嚀的！我講正經的。」

伊沒想到一向聽話的素杏，居然說出這種的話，氣得伊幾天不和她說話！這些日子來，伊將素杏的話再三琢磨，也覺得那樣的決定好像有些太重男輕女了。但是，嫁出去的女兒，畢竟是潑出去的水！又怎能怪伊偏心呢！那個什麼民法到底是怎麼回事，伊不明白，但是，二女兒素雲對家裡的犧牲，伊是看得清清楚楚的！當初，兩個比較大的兒子成家立業，自顧不暇，根本顧不了這個家；大女兒素惠認識了現在的女婿，飛也似的跟著也跑了。若不是素雲那份按時寄回來的薪水貼補家計，就憑丈夫清圖那一份微薄的薪水，怎還得起龐大的房屋貸款！

到了適婚年齡，媒人婆幾乎踩平了門檻，提了多少條件不錯的親事。伊挑剔再三，假意尊重女兒的意見，卻不時有意無意的嘆氣，說：

「汝看好就好，我無意見，緊嫁嫁出去也好！免得在厝內煩惱無錢！頂多就把房子賣了，搬去路邊住！」

素雲是個聰明人，這話擺明了是她還不能嫁，她嫁了，馬上家庭經濟就出問題。素雲雖然脾氣倔，卻是個有情的人，不忍心讓做母親的為難，總是主動拒絕親事。一直到三十好幾，家境稍稍改善了，才草草嫁了個比她大上十多歲的老芋仔。如今，伊嬰仔細漢、尪婿老，分財產時，沒有半點好處給伊，安怎講攏講不過去。彩鳳左端詳、右打量，決定用現金來給伊補償一下。無論如何，查某人轉來想要跟兄弟分厝，是會笑破人的嘴的！

次日，伊打定了主意後，便召回三個女兒，鄭重其事的交代：

「我想來想去，決定給素惠和素杏各人二十萬，素雲五十萬。不是我偏心，素雲的環境卡差一點，恁兩個應該未計較吧！我如果有三長兩短，這間厝就給他們三兄弟去繼承。橫直台中的新厝起得滿滿是，像這款古厝也賣無多少錢啦！」

素杏哈哈大笑起來，問道：

「媽！妳這是在做啥米？妳打算去了啊？沒那麼簡單的啦！」

大女兒素惠和二女兒素雲不約而同白了妹妹一眼，罵她：

「妳這是說的什麼話？神經！」

「本來就是啊！最近極奇怪哪！成天說些鬼鬼怪怪的話。」

伊不理她，逕自接口說：

「還有，恁感覺從大陸新買轉來的那床蠶絲被，將來我若去了，送給誰卡適

從親戚處借來的爸媽結婚照。家藏的那張，已經在一次激烈爭吵中，
被母親連同爸爸的西裝一塊兒亂刀剪掉了。

當？昨晚半暝，我一想起這件代誌，煩惱到睏未去！實在真壞！」

這下子，三個女兒全笑了起來！齊聲說：

「媽！」

伊果然不是危言聳聽！沒過幾日，鄰居聽到伊惶急而虛弱的求救聲，讓孩子翻牆進入察看，竟見到伊一屁股跌坐庭院的魚池內，掙扎著起不了身。眾人將伊救起，並通知兒女返家。伊居然仍駭笑著朝家人說：

「唉！實在有夠夭壽！安怎跌落，一點都想未起。坐在魚池內，只看見頭前兩隻腳白雪雪！根本就爬未起來。」

家人商量結果，決定不能再讓母親獨居，若再發生事故，是誰都沒辦法承擔後果的。剛好，長孫貞雄幫伊預留房間的新居不日即將落成，便不由分說提早遷入新居。伊先還不肯，推說舊厝無人照料，不放心。正巧遇上九二一大地震，有戶人家聽說了，急忙幫住在災區的女兒過來說項，希望伊將屋子租給她們。伊再無藉口，只好不情不願地搬家。

住到貞雄的新家，伊感受到像客人般的生疏。孫媳婦玲芳很周到，但是太客氣了！使伊一直覺得自己像是一個外人似的。本來伊還幫忙做些簡單的家務，自從一次自做主張幫忙炸豬油，玲芳為了滴下瓦斯爐的幾滴油，顧不得吃飯，奮力地擦拭，伊便覺得屬於伊的年代果然是逐漸遠去了！事後，貞雄還委婉地和伊溝通說：

「阿嬤！以後就別再炸豬油了！你年紀大了，醫生說不能多吃豬油，否則血管硬化，容易引起中風！」

什麼醫生說！那些年紀輕輕的醫生，連做她孫子都還嫌太少年！伊們懂啥米碗糕！成天在報紙、電視上亂亂講！豬油有啥米不好？伊們提倡的沙拉油吃了才會夭壽！根本沒進過廚房的人才會這尼不知輕重。若是用沙拉油做菜的瓦斯爐，黏涕涕的，怎麼也擦不乾淨，哪像豬油那麼容易處理！這種黏涕涕的沙拉油吃進腹肚內，才真會糊在胃壁、血管上，引起中風哪！伊認真地和晚輩說起這麼簡單的道理，居然沒人相信！真把伊氣壞了！

白天，貞雄、玲芳及兩位在小學讀書的曾孫阿浩、阿賢都出去了！伊閒閒的，總不相信自己從此就變成一個無路用的人。想伊少年時，逢年過節，左手提兩隻鵝、右手拎兩大袋蔬果青菜，一路氣不喘、臉不紅的由菜市場直奔回家，什麼事難得倒伊！而這也不過是前年的事罷了，才一年就差那麼多！讓伊無法服氣。玲芳總生分地告訴伊：

「阿嬤！要做啥就跟我講，我來就好！」

表面上是體貼孝順，實際上，分明就是看人不起！伊偏要幫些忙來，免得落人白吃白喝的口實！

一日，黃昏時分，伊看眾人即將回家，而冰箱內的水壺竟倒不出半滴水來。伊想到兩位曾孫每次回家便像兩頭飢渴的牛一般，站在冰箱前猛灌冰水。於是，就在瓦斯爐上燒起開水來。哪知道，燒著燒著，竟未記這件代誌。等到玲芳回來發現時，水壺不但燒黑而且燒穿了！玲芳雖然沒說啥米，但是一整晚陰著一張臉，就是憨人也看出來伊在生氣！貞雄苦著臉跟伊說：

「阿嬤！不是跟你說過，有啥米代誌，跟我們講就好。你這陣年紀卡大，記憶力卡差囉！這次，幸好發現得早，若是晚些，恐將造成火災，代誌就大條囉！」

伊一邊恨自己不爭氣，一邊不服氣地在心裡反駁道：

「這款代誌，又不是年紀大的人才會安揑！上次，煮紅燒肉時，玲芳不是也燒黑了一口鍋子！我少年的時陣，也常常煮綠豆湯煮到鍋子臭火乾！這跟年紀大有啥米關係！好親像人老了，就啥米路用也無了！」

大家不放心伊煮東西，伊慢慢也死心了，不再在廚房內展腳手。一日，見籃內的髒衣服幾乎多到滿出來，伊覺得這件事對伊而言是再簡單不過了！機器洗衣服能出啥差錯？所以，就將髒衣服丟入洗衣機內，除了洗衣粉外，順手倒了些漂白水進去。哪知，晾衣服時赫然發現：一件貞雄的藍襯衫竟然因此褪色成不均勻的灰藍！

伊這一驚，真是非同小可！還未等貞雄下班，伊急慌慌從曬衣竿上收下，將它藏入櫥內。越想越歹勢的伊，連夜偷偷打電話給任職百貨公司的外孫女心儀，麻煩伊代買一件相同尺寸的襯衫。當伊在第三日的暗暝將新衫交給貞雄時，貞雄還哈哈大笑，半揶揄、半心疼地說：

「那有這款代誌！有夠可憐哦！替人洗衫，還要賠人一領新衫！阿嬤！你哪著安捏！笑死人哪！一領舊衫而已，洗壞就算了！」

伊聽了，也不由自主地感到悲傷起來。曾經叱吒一時的伊，曾幾何時竟淪為小媳婦般的委曲求全。昔日的光榮對照今日的軟弱，讓伊心痛得幾乎哭出來！可是，又不肯真的哭出來，一來，哭泣不是伊慣常的表達方式；二來，若真的哭出來，好像對貞雄或玲芳有啥米嚴重不滿似的，又得費一番工夫來加以解釋。伊越想越傷心，只有躲進棉被裡偷偷流淚！

自從十四歲嫁入伊們張家，老實忠厚的男人清圖就處處依賴伊、也讓著伊。伊在這個大家族裡贏得的尊敬，可不是憑空得來的。貧困的歲月裡，是伊咬緊牙關，精打細算、開源節流度過。如今，孩子們雖然談不上有多麼傑出的成就，但是，總算都誠誠懇懇做人。老伴過世後，伊獨撐門戶，誰不誇伊厲害能幹！家族裡的上上下下提起伊這位「五嬸婆」，誰不翹起大拇指稱讚！如今卻落得連洗件衣服都沒辦法！人老了，就當真這麼不中用？

白天裡，家裡冷清清的，走過來、踱過去，沒個人說話。幸而素杏搬來了一部裝了台灣麻將的電腦給伊解悶。說起玩電腦麻將，伊還滿驕傲的！像伊這樣年近八十的老太太，還會玩電腦的可沒幾人。雖說只是在上頭打打麻將，但是，光是學會操作滑鼠就花上了大半天的功夫。素杏還誇伊，說：

「媽！你真的很跟得上時代哪！我費盡了唇舌要教我婆婆，我婆婆說什麼也不答應！講伊老了，學不會！好不容易半哄半騙的讓伊坐上電腦桌前，伊的手就是沒辦法連按兩下滑鼠！最後，搞得我也拿她沒辦法，只好放棄！」

伊被誇得洋洋得意，不免口氣大了起來。回說：

「不是我在臭彈！只要我想要做的事，誰也無法度阻止！想當初，恁姊仔考去到山內的學校，我就有辦法給伊轉學校。跋山過嶺，找議員、鄉民代表說情，從后里中學強強給伊轉到豐原中學去！不是我膨風，這陣有誰有這種辦法！人攏嘛越轉越壞的學校，誰有法度像我這尼厲害，從卡壞學校給伊轉去卡好的學校哪！」

素杏聽了，不覺笑起來說：

「媽！講你大箍，你就開始喘起來！」

貞雄好奇地睜大眼睛問：

「有影哦！真無簡單哩！阿嬤！汝那陣怎會這尼有勢力！你哪會這尼有辦法！是靠汝那個無緣的尪婿、作議員那個，是麼？」

三嬸婆臉刹時紅了起來，拿起枴杖，就朝貞雄輕輕揮去，笑著斥道：

「死囝仔！汝是胡八講啥米！我人面多闊汝敢知？熟識的人攏嘛極有夠力咧！我這陣想起來嘛極佩服我自己的！」

雖然，伊已經年近八十了，但是，一講到年輕時候的往事，還是忍不住臉紅。那位青梅竹馬的議員春生，是伊的鄰居，自細漢就作夥玩！後來，春生去做司機，駛客運車。幾年後，客運招考車掌小姐，春生慫恿伊去試試。當時，伊才小學畢業沒多久，但是，個頭高，長得甜美，稍加打扮，竟然被錄取了！伊阿爹心疼伊年紀小，不肯答應伊去，說是在家幫忙照看雜貨舖生意就好：

「車那麼大隻，人這尼細漢，萬不一去給車磕到，不是講玩笑的！等卡大漢咧再講！」

其實，當時家裡的經濟極差，雜貨舖的生意一落千丈，伊的姊姊和阿爹兩人照顧就綽綽有餘，哪輪得到伊來攪和！伊的姊姊就嘟著嘴說：

「阿爹就是偏心！不甘彩鳳出去做代誌！那年，我小學還未畢業，阿爹就趕我去阿福伯的山上摘土豆！跟我比，伊永遠也是細漢！厝內明明就欠錢，阿爹敢有可能飼伊一世人？」

阿爹被這一番話堵了嘴，也不好再堅持，便由著伊去。

伊畢竟才是個十三、四歲的孩子，童心未泯，覺得可以坐著車四界去，又有錢領，高興極了！哪知，一坐上車，便頭暈眼花，一路吐到底！多虧春生細心，一開始就自告奮勇，讓公司排伊當他的車掌，由他來調教！伊正式上工的幾天，春生真是吃足了苦頭！不但是司機兼車掌，還外帶做護士！伊就在春生的刻意掩護下，度過了最難堪的適應期。

接下來的日子，人小鬼大的伊，竟然偷偷學起開車來了！沒什麼乘客的午後，伊常常坐到春生旁邊的座位上，仔細看春生操作，並不時問東問西。一回，春生來得晚，赫然發現伊已經將車從車庫中開出。春生大吃一驚！狠狠罵了伊一頓：

「萬一車去撞到，汝敢賠得起！汝實在有夠大膽，以後，絕對不准！知否？」

伊心裡得意，外表卻裝出可憐的樣子乞憐！春生才悻悻然離去！今年年初，春生來拜年時，還沒忘記這樁陳年往事，還跟貞雄說：

「恁阿嬤自細漢就大膽！彼次偷開車，把我差一點驚死！人一點點兒大，膽大包天！伊時，我就知汝阿嬤不是小角色！當時，雖然給伊罵到臭頭，心肝內實在極佩服咧！」

其實，春生雖然罵伊，說以後不許。但是，伊發現，後來春生有好幾次都假意遲到，讓伊有機可乘！當時，每回坐在駕駛座上，看春生匆匆趕到、假裝生氣的樣子，伊總有說不出的甜蜜！一年後，春生的老爸請人來提親。伊的阿爹不肯，嫌人作司機，無出脫、又搏性命，無保障。春生感情受挫，每日神情鬱卒，伊雖看了不忍，也是無可奈何。

同時陣，阿福伯也安排清圖來相親！在臨村街上開了家雜貨鋪的清圖長得英俊挺拔，雖然不善言詞，但是，進退有節。伊到這陣還記得清清楚楚！來相親彼一天，伊躲在門簾後方偷看，清圖穿著一套深藍色西裝，整個人挺直地坐在陽光映照著的客廳。伊去收茶杯時，清圖微笑著在伊的茶盤上輕輕放下一個大紅包，伊轉身時，不經意瞥見清圖眼裡滿溢的溫柔，心中不覺怦怦然。

相親過後，彩鳳的阿爹非常滿意，說：

「我看人不會錯！清圖老實可靠，漢草好，又極有人緣！家教嘛未壞，自己開店有保障。將來汝嫁去，未吃虧！汝聽阿爹的，不會錯的啦！」

伊雖然甲意春生，也不好意思太明目張膽表達！加上，清圖生得一表人才，也留給伊很好的印象。伊才十四歲，還未有定性，對英俊的外表及盤旋腦中的那一瞥溫柔，也有無限的期待和嚮往。所以，便任憑阿爹作主。就安捏，伊在十四歲時，嫁到張家！當司機的春生受到刺激！憤而倒轉去做生意。想未到，生理越做越大，慢慢竟然跟人去參加選舉！連當了幾屆的省議員。清圖的個性就是這尼好，一點攏未計較，還幫伊助選，兩人變作好朋友，兩家往來不斷。每年初一，春生總是開著伊那台黑色金龜車，帶著伊的太太前來拜年，實在讓人極感心咧！清圖死去已經好幾年了，春生的太太也在五年前過身。春生最近的身體雖然差很多，猶然常常打電話來和伊開講！想起往事，兩人都有無限的感慨！

過去的代誌，有時想起來還親像昨日一般！如今，有時不小心照到鏡，看到皺巴巴的自己的臉孔，心還會猛地抽痛了一下！簡直不相信八十個年頭就安捏過去了！想起過去的風光，對照現在的無能，伊實在越想越悲哀！

素杏

轉眼，農曆新年又快到了！過了新年，就是媽媽的八十大壽。每次過生日，媽媽總是說外面的東西又貴又不好吃，而在廚房裡忙得披頭散髮、人仰馬翻！今年，過八十歲，素杏早早就跟媽媽說：

「今年你八十大壽，再不許在廚房裡張羅。我打算帶你出國旅遊去！」

媽媽聽了似乎很高興，卻擔心地說：

「我的腳不知走得去嗎？上次去屏東，差一點讓人給抬回來！人老了，沒路用囉！」

「免驚！我們去近一點的地方，不需要走太多路的行程。真走不動，就別走。找個地方坐著喝咖啡！橫直我也是四體不勤，沒辦法走太多路！我的生理年齡跟你一樣，都差不多是八十！」

素杏半開玩笑、半當真的說。

她發現自從媽媽搬到姪兒貞雄那兒，情緒變得很不穩定。到處打電話訴苦，說是日子過得不自由。想要吃點兒什麼東西，也不好意思說。侄媳婦玲芳做的菜，捨不得放鹽、放油，她吃不慣！想自己做，才動手，玲芳就急著過來幫忙。稍微滴了點兒油什麼的，抹布就擦過來、抹過去的，讓人不自在！貞雄夫妻的房間關得嚴密，進進出出，總不忘將門帶上，媽媽曾偷偷抱怨道：

「敢說我會偷拿伊啥米！門就要關得密密的！有時陣，後壁的便所有人在洗身軀，伊們的房間門又關著，連要去便所也無法度！一家伙人敢著安捏防來防去？有一天，我要問問伊們到底丟掉過啥米？」

素杏笑著為貞雄解釋，說：

「媽！不是這樣的啦！現在的少年人和以前不一樣啦！現代人講究私密性，沒

雄姿英發的父親，贏得美人歸，左一是父親。

有人像你們古早人一般，房門開得大大的，隨時等人進去突擊檢查似的！這並沒有歹意，你不要這樣想嘛！」

「啥米『私密性』！你不知啦！連阿浩、阿賢攏安捏！明明在電視前看電視看得好好的，只要我坐落去蓬椅，伊兩兄弟轉頭就走，好親像我身軀有帶啥病共款！真是氣死人，敢會是玲芳教的？汝莫看玲芳靜靜一個人，性情極陰沉！莫知伊心肝在想啥米！」

素杏覺得奇怪，叫兩個小孩過來問，孩子們天真地回答：

「阿太看的節目跟我們不一樣。爸爸說，只要阿太想看什麼節目就要我們讓阿太！我們只好走啦。」

素杏將孩子的話轉給媽媽聽，媽媽還是不相信，生氣地說：

「汝不知道，伊們現在後悔了，不好意思說，用這種方式，來孤立我，希望我自己知難而退！我才不給伊們順心！誰叫伊們強強把我的厝租出去！」

素杏對母親這樣的邏輯感到萬分吃驚！她覺得不管什麼原因造成今天的困境，對年邁的母親或年輕的貞雄、玲芳而言，都是很可憐的！也許當初真不該讓他們住在一起。對媽媽的固執，素杏是領教過的。從年少時候，只要媽媽想做的事，誰也攔不住。以前，當家作主如此，現在住在兒女家裡，也不肯絲毫委屈。就拿上次煮鮭魚頭的事來說吧，就怎麼也拗不過她。一早，從冰箱取出鮭魚頭的時候，素杏記起上回在朋友家吃到的香噴噴烤鮭魚，便決定晚餐吃烤鮭魚，媽媽含蓄地建議：

「這麼大的鮭魚頭，若是做成砂鍋魚頭，不知有多好吃哪！」

素杏雖然想吃烤鮭魚頭，但也沒特別的堅持，剛好那日先生震新休假在家，於是，便跟媽媽說：

「家裡沒有做砂鍋魚頭的大白菜，要麼，等會兒我請震新去市場買一顆好了。」

正說著，沒想到外頭竟然下起傾盆大雨來了。素杏想到震新好不容易休一天假，還得特意往髒兮兮、濕漉漉的市場去，有些過意不去，便改口說：

「其實，鮭魚頭用烤的很好吃哪！下雨天，我看就不要麻煩震新去買白菜了，我們用烤的試試！」

媽媽欲言又止，素杏為了落實主意，又強調：

「做砂鍋魚頭的魚，一般都用草魚或鰱魚，鮭魚頭用烤的比較對味。」

她顧不得媽媽臉上露出的不以為然，也不給她辯解的機會，便匆匆上班去。哪知，當她在學校抽空打電話回去時，震新居然跟她說：

「剛才，媽媽冒著大雨到南門市場去買了包心白菜回來了！」

素杏放下電話後，不禁苦笑，心裡隱然滋生無端的恨意。自小，她便在母親完全的掌握之中。從讀書到就業，甚至婚姻，母親像如來佛，她再會翻跟斗，也翻不出媽媽的手掌心。

如今，已然成家立業的她，竟連鮭魚頭該怎麼做也做不了主！那晚，回到家，母親已做了鍋香噴噴的砂鍋魚頭等著，看見她回來，駭笑著，解釋道：

「其實我也看過人家用鮭魚頭做過沙鍋，很好吃哪！不信汝喫看看！我已經做好了。……我沒有麻煩震新，我自己撐傘出去買的白菜。」

素杏聽出母親的話裡，似乎隱含強烈的譴責，責備她心疼丈夫卻不顧老母親的死活！她聽得刺耳，卻完全不知如何對付這局面，母親的專長就是不落痕跡地譏刺，棉裡藏針，刺得人心口發疼，可只能暗自忍耐，完全無法出口喊疼。

類似的事情，可以說是俯拾即是。自從在玲芳的廚房內出了幾個差錯後，母親幾乎是被判禁足入廚房。只要得空到台北的素杏家裡，她總像紓解鬱卒般地，在素杏的廚房裡大肆揮灑；素杏憐惜母親乍然失去了一生得以建立功業的舞台，也常假借學校工作忙碌，讓母親進到廚房裡痛切淋漓地一展長才。一回，住在素杏家附近的小哥向母親撒嬌，說：

「奇怪哦！外頭賣的白切鵝肉，擱卡安怎，滋味就是沒有媽媽親手調製的好。」

一聽兒子的諂媚，母親幾乎是一分鐘也無法等待地想即刻滿足兒子的期待。然而，莫說台北不容易找到沒有煮熟的生鵝，就算找到了，去哪兒弄來那麼大口煮鵝的鍋子？素杏生氣小哥為了口腹之慾，枉顧老母親的辛勞，更生氣他平白無故出了這麼個大難題，讓她在公、私都萬分忙碌的狀況下，還得滿街去找鵝肉。雖然不敢違逆母親找生鵝的請託，但是，素杏的不情願，母親看得分明。素杏也真去問了幾家熟悉的賣雞的攤子，雞販頭也沒抬，都說台北人不大喫鵝肉，而且多半沒功夫自己處理偌大的畜生，所以不賣。素杏回來轉述，媽媽不信！覺得女兒分明敷衍。她抱著必勝的決心，趁著女兒去學校的空檔，微服出巡、御駕親征。第二日，等素杏從學校回到家，一打開門，一股鵝肉的香氣便迫不及待飄出，屋子裡煙霧瀰漫，一口大大的鍋子裡是黃橙橙的鵝湯，一隻肥碩的白鵝已穩穩地盤據在桌面上。母親迎面走來，臉上堆著驕傲的笑容，言詞卻故作謙遜，說：

「我去找賣雞的參詳，可能老闆看我一個老夥仔，可憐我，所以，特別走一趟，替我去抓一隻鵝，講無賺我的錢。……這口鼎，汝也免煩惱，無多少錢，免汝出。無用的時陣，可以放在陽台的鐵架上。」

素杏聽說，鼻頭一酸，險險落下淚來。母親就是這樣好強，在她面前，素杏只能束手就擒。素杏的心情五味雜陳，說是恨，又彷彿不是；說是疼，又隱隱有恨。類似的事情一而再、再而三的發生。她和母親就這樣反覆交鋒，而她一逕節節敗退。

母親的強勢作風，素杏是從小就領教了。上小學時，母親擔心她所就學的鄉下小學升學率低，怕沒辦法考上好中學，便神通廣大地透過輾轉的關係，將她轉學到鄰近城市的貴族學校去。當時還不到十歲的她，必須離開一起玩耍的同學，長途通車去到一個完全陌生的地方上學，心裡害怕得不得了。可是，母親不管，執意貫徹自己的理念，還罵她：

「汝知這要開多少錢麼?車錢、學費，加上做新制服！我都無怨嘆去走尋錢，汝還不知自己有多幸運！只是想要蹲在庄腳做王！以後大漢以後，汝就知道要感激我。」

轉學到都市以後，素杏從此落了單，她由一個無憂無慮的女孩霎時變得愁苦寂寞。城裡的孩子驕傲，不肯接納一個鄉下轉來卻課業傑出的同學；那些鄉下的老師及同學覺得被背叛了，正努力誓師。老師為了激勵他們用功，甚至拿素杏當假想敵，說：

「素杏轉學到城裡去，是因為看不起我們鄉下學校。大家一定要爭一口氣，不能讓別人看笑話！只有努力用功，衝上高升學率，才不會讓人家瞧不起。」

老師的策略果然達到了效果。那一屆的鄉下小學的升學率打破了歷屆的紀錄。光是素杏原先的班級考上省女中的就有十二位之多。然而，老師的激勵語言，也使得素杏和舊日友朋間產生了莫名的嫌隙。她因此跌入進退失據的境地。城市的同學因為忌妒而排擠她；村子裡的孩子因為她的背叛而不肯再搭理她。她形單影隻，逐漸養成在閣樓上喃喃自語的習慣。

最要命的是，母親從來就沒懷疑過轉學這個決定的睿智。後來素杏努力拿到博士學位時，母親還四處跟人誇耀自己的當機立斷。沾沾自喜地說：

「當初如果不是我強強叫伊去轉學，伊哪會有今日的成績。阮素杏啊！自小漢，就一點兒野心也無，只想在村庄學校做王，如果不是我強強押伊去轉學，伊哦……」

素杏每每聽說了，只能苦笑。她是有苦說不出啊！當年，在學校裡受盡了同學的言詞奚落、行動排斥，每天幾乎都是以淚洗面，卻根本不敢把自己的窘境跟父母說。一直到小學行將畢業的那個夏日，一位坐在她身後的同學竟然在她凝神聽課的當兒，悄悄地一刀剪下她的一條辮子，說是要留下作紀念。下課後，轉身看到那位同學的鉛筆盒內竟然靜靜躺著那條被剪下的辮子時，素杏再也忍不住地失聲痛哭起來。兩年來，所有的隱忍、委屈像山洪般陡然爆發開來。黃昏時分，老師已然離開教室，她發瘋似地號哭，反應如此激烈，迥異於平日的沉默、隱忍，讓那位闖禍的同學也大大嚇了一跳，吶吶地跟其他同學反反覆覆地說：

「只是剪她一點點辮子就這樣，又沒有怎樣，只是想留作紀念而已，她就哭了，又沒有怎樣……」

又沒有怎樣？兩條及腰的長辮，變成一長一短，兩邊相距約莫十公分，竟然叫「又沒有怎樣」！真是軟土深掘！素杏撫摸著散開來的半邊頭髮，邊哭著，邊去搭公車回家。多年以後，素杏猶然深刻記憶著那個受挫的黃昏。到站後，她下車，沿著種滿鳳凰木的縱貫道走回去。鳳凰花一蓬一蓬的，像火團似地直燒灼到天邊。素杏抽咽著，以極慢的速度行過長長的歸程。在接近家附近時，遠遠看見母親雙臂交疊在胸前，背倚靠在家門口的那株鳳凰木，正閑閑地立在那兒。素杏看見母親，喉頭陡然又酸哽了起來，她快步跑前，一頭栽進母親的懷裡，哭著向母親訴說原委。母親靜靜聽著，然後，把素杏用力往外一推，責罵她：

「若不是汝隨便跟人開玩笑，別人哪會安捏！」

沒料到母親的反應竟是這般，夜色彷若從四面掩至，霎時間將周邊全塗上了灰黑。素杏憮然不語，也沒加辯解，快快然上了閣樓。在沒人的閣樓中，抹乾了淚，低頭賭咒，將來就算有再多的心事，甚或被冤死，也再不和母親說了。

從那以後，素杏果然從此阻絕了和母親溝通的管道。她出外求學、做事、談戀愛，幾度在人生行道上痛不欲生，她都自舔傷口、自我止痛療傷。偶而見到朋友的父母裡頭，有些形象溫雅、開明，和兒女們相處親密的，總不免又羨又嫉。一直到有了些年紀，升格為人母之後，慢慢將母親的一生重加回思整理，才逐漸諒解了母親的專制跋扈。或者不止是諒解，應該說是開始有了同情的理解。想母親十四歲便嫁為人婦，十五歲生子，在艱困的年代，一路長驅，直入妯娌成群、伯叔無數的龍潭虎穴。還沒學會成為女人，就晉升為人母，開始擔任起母親的角色。手忙腳亂之餘，拿專制、跋扈做護身符，以求速戰速決，也是理所當然的事，就遑論甚麼親職教育理念了。想到這兒，素杏不禁苦笑了。

和母親的和解，幾乎花了她幾十年的功夫，其間的掙扎、矛盾及自我遊說過程，母親當然是一些也不明白的。連她這長年揣摩母親心意的人，到現在都還無法確切掌握母親的心情，年輕的貞雄和玲芳就更別提了，他們還不懂人情世故，沒辦法做到事事讓阿嬤滿意的地步是可以理解的。但是，搞到這般不堪，也是很出乎意料之外。素杏覺得當初夥同著眾人將媽媽送到貞雄家，似乎有欠思慮。媽媽一向宰制慾強，早該想到她是無法過被支配的日子的！現在要如何解套，實在是讓人傷透腦筋。她覺得在尚未想到良方之前，讓雙方有一些空間冷靜一下是必要的。因此，決定帶媽媽出外旅遊，讓媽媽散散心，也讓貞雄夫妻鬆一口氣。

春節期間，旅遊的價格連跳三級不說，較理想的旅遊地點也人滿為患！折騰半天，決定了珠海、深圳五日遊，由姊妹陪同到大陸過年。除夕中午由高雄出發，怕高速公路塞車，影響搭機時間，旅行社決定凌晨三點由台中南下，以避開尖峰時段。素杏住台北，特地提前一天回娘家。

素杏放下手邊的工作，難得一日清閒，便約母親上街逛逛。因為不景氣，過年氣氛明顯沒有往常濃郁。母女二人，走走停停，買了些小飾物，也在路邊的大傘下喝了咖啡。因為前一天失眠，逛了一天街的母親在八點檔連續劇才一開場，便勾著頭在沙發上盹著了！素杏勸她早些上床養精蓄銳，以便應付次日凌晨的旅程。實在是倦極了，媽媽甫一倒上床，便傳來打呼的聲音。貞雄和玲芳連忙吩咐吵鬧的孩子放低音量，貞雄甚至威嚇他們：

「小聲一點！別吵到阿太！阿太已經連續幾天失眠了，好不容易睡著，誰吵醒她，當心皮癢！」

經過了一天的折騰，素杏也累了，也提前上床。只是，素杏一向認床，輾轉反側就是無法入睡。隱約間，聽到炮竹聲逐漸分明，似乎已過凌晨。住在樓上的大哥、大嫂下樓來，和貞雄、玲芳夫妻及孩子們，似乎正輕手輕腳地張羅著祭拜天公的祭品。素杏側耳傾聽，沒聽到媽媽的聲音，也沒放在心上，當是睡熟了，由晚輩負責祭祀。

一點左右，矇矓間，彷彿聽到媽媽嚴峻的斥責聲夾雜著眾人的辯解。素杏翻身起來，客廳裡，燈火通明。媽媽臉孔鐵青，氣急敗壞地說：

「嫁到恁張家六十多年，哪一年免我拜祖先！是哪一種人才免拜祖先恁知否？只有快要死的人才免拜！恁是當作我是快要死了的人，是否？無叫我起來！恁目中敢還有我這個長輩！我一世人實在有夠可憐，恁阿公才死無多少年，恁就無把我看在眼內！」

素杏沒料到媽媽會為了這樣的事生氣，為了息事寧人，趕緊打圓場道：

「媽！要怪就怪我好了！是我看你那麼累，等會兒又要早起搭車到機場，所以讓他們別叫你起來拜天公的，是我不好，你就別罵他們了！這樣，我會很不好意思的。」

全家人都亂成一團！大哥、大嫂頻頻解釋，貞雄、玲芳跪地求饒，完全是八點檔連續劇的翻版。媽媽想是氣極了！回身拖起原先就打包好的行李，氣呼呼地衝出門去。嘴裡叨唸著：

「汝懂啥！恁老母在這給人糟蹋，汝還給伊們叩頭謝恩！實在有夠傻。……貞雄！恁若不想我和恁住，講一聲就好，我又不是不識相的人，用這種的方式逼我走？想起來實在有夠傷心啊！人老了！無路用，只能任憑人糟蹋！這間厝已經無法度擱再住下去囉，我來走！免得給人看不起。」

素杏苦笑著，顧不得換鞋子，趿著拖鞋追出去，貞雄、玲芳也一路尾隨。素杏問媽媽要去哪裡，她沒說話。除夕的夜晚，路上冷清清的，不但沒什麼行人，連計程車都叫不到，只有刺骨的夜風颯颯地吹著。來不及披件外套的素杏被風吹得直打抖擻，抖著聲音求媽媽：

「媽！汝看我連一領外套都無，冷死了哪！汝先跟我回去，讓我先換一件衣服，穿個鞋子。到時候，汝要去哪裡，我再陪汝去嘛！好不好？……貞雄完全是一番好意，我們都不知道拜天公有這麼重要呀！汝看！我雖然是王家的大媳婦，今晚不也沒回去拜天公嗎！……若真要怪，也得怪汝沒把我們教好啊，對不對？何況，等會兒我們就要出國旅行去了，汝就忍耐一下吧！」

媽媽一句話也沒說，素杏發現媽媽的臉孔發白，緊抿著的雙唇微微發抖。貞雄不知何時去開了車來，緩慢地和她們並行，不時地哀求道：

「阿嬤！給我撒嬌一下啦！好不好？我就比較不識代誌，汝就原諒我這一次

母親婚後回生家，與祖父母、舅舅、阿姨合影，母親為前排左三抱嬰兒者。

嘛！下一次我一定不敢了啦！好不好？難道平常時我對汝的好都是假的？」

媽媽的臉色總算稍稍緩和了下來，不過，口氣仍然堅硬：

「本來都攏總是假的！汝以為我看不出來！」

大夥兒聽她的語氣似乎已有轉圜的餘地，便順勢將她半推半擁地塞進車子裡。經過一番驚天動地的折騰，哭的哭、拉的拉，屈膝哀求加叩頭如搗蒜，從八點檔連續劇那兒看來的把戲悉數出籠過後，媽媽方才坐定下來，鬆口說：

「恁拉著我做啥？去睏啦！天都快要光了，我能行去叨位！整間厝，哭來哭去，過年時陣是要哭衰莫？」

眾人一聽這話，齊齊鬆了一口氣，各自回房休息去了。素杏被攪得心緒大亂，老人家越來越難伺候，莫說貞雄、玲芳年紀輕、沒耐性，連她都漸漸感到吃不消。到底她老人家心裡在想些什麼？放著安穩的日子不過，成天往牛角裡鑽。

四點了！都市的公雞已然高啼。素杏倚窗往外看，外頭冷風颼颼，寂靜的街頭，只有幾盞微弱的路燈怯怯佇立。經過這一番折騰，她也不知道這趟的旅程該如何繼續下去了。更精確點兒說，或者應該說，她根本不知道母親往後的日子該如何走下去了。

——原載二〇〇五年八月號《聯合文學》

附錄：

廖玉蕙答客問

•

廖玉蕙老師，您好：

很喜歡您笑謔幽默的筆觸，讓閱讀充滿歡樂！

我很好奇，您願意在作品中，開誠布公省視過往曾有的負面心結並坦承以對。您掙扎過嗎？如何克服心理障礙？或是如何設定停損點避免自己或筆下的人物受傷？

若琳

答若琳女士：

散文寫作較諸其他文類更加貼近真實生活，下筆時，的確會面臨「吞」和「吐」的掙扎。我得承認我所受到的文學養成教育常在我手敲鍵盤時絮絮叨叨地耳提面命：要溫柔敦厚！所以，有些心事雖不吐不快，卻得硬生生吞下。然而，就算百般思量後才落筆，卻因人人停損點不同，你自認周全考量後的溫柔，可能仍是他人心上的一根刺，不經意間傷了人恐怕也在所難免吧，我猜想。

●

廖女士：

你好。今早在早餐店翻閱報紙，看到大作，趕快去Seven買一份收藏。您的筆觸「溫柔又諧謔」（聯副語），卻如此真實地寫出了我這個年紀的人的心情。我也是從「醫生館」年月走過來的，您對醫生那嚴肅又專業的描述，躍然紙上。當年富家子弟的上下學三輪車、蘋果，又勾起小時候那份羨慕的心情。您母親的訓示，不就是踏踏實實的台灣老百姓的做人方針嗎？

總之，您的大作是我必要的收藏，謝謝你。在當下普遍一堆文字垃圾中，您的文章是永不褪色的珍寶。

讀者　謝　敬上

答讀者謝先生：

我的母親過世已然三年有餘，三年多來，我念茲在茲的，就是設法用文字將她留下。她沒有接受多少正規教育，卻一輩子在廣闊的社會大學裡換氣、泅泳，靈活地學會用最優雅的姿勢下水……她嚴以律己，寬以待人，對家人非常嚴格，卻是眾口交讚的熱情親友。她一生最重視的是名聲，最勉力經營的是人際。這的確是台灣老百姓一向自我砥礪的美德，我受其薰陶，也有心徹底篤行庭訓，卻自覺心餘力絀，難以望其項背。

真的很謝謝你對拙作的溢美！但台灣的文學園地絕非如你所說「普遍一堆文字垃圾」，許多有才華的文字工作者都孜孜矻矻埋首其間，半點不敢馬虎，只待如你一般的有心人細細品嚐並不吝給予鼓勵！

•

玉蕙同學惠鑒：

您好！我是您台中附小「同學」。很意外吧！我看了您文章十多年，當然知道您，因您是學校「才女名人」。哈！一笑。

但是今天看完您的文章，五十年前事，歷歷在目。如您所云：附小同學家長個個是台中大醫生啊！如您所知，我們班上就有童綜合醫院公主、仁愛醫院廖公子、蕭醫院（東平戲院），澄清醫院，木瓜大王（醫院），張啟仲醫生／市長……的同學，所以忍不住提筆，打擾了！

竭誠歡迎您到舍下敘舊一遊，定能給您更多寫作靈感，無限榮幸！祝

好！

舒宗超

答宗超同學：

從轉學台中師範附小的第一天起，我就熱切期盼能融入都市的環境與人情中，卻似乎總是格格不入。對友善邀約的強烈渴慕，使我的幼年生活翻轉出畸形的敏感與混亂。愛哭、善妒，眼裡除了淚就是滿溢的憂懼。你一定無法想像小學畢業那天，我是多麼歡快！奔向台中自由路的女中時，內心撲撲欲飛，以為從此得到釋放與自由。誰知鬱結的心事依舊且一路纏綿，直至北上讀書，邂逅了文學，有機緣藉著文字重新檢視過往、反芻難解的心事並密密尋春，痛才止，傷口才慢慢癒合，其中冷暖，真是一言難盡。

呵呵！這個邀請雖然遲來了五十年，我仍舊心懷感激。

●

您好，我是讀者，今天在《聯合副刊》偶然看到廖玉蕙小姐的散文〈取藥的小窗口〉，感覺文章非常感人，也開始認識這位作家。

我有一點問題是有關散文寫作，不知是否可以請教廖小姐？對於散文中以「我」來寫作的內容，是不是完全都要是真實的描寫，或者為了文章效果，大部分的作家也會加入很多杜撰的部分以求戲劇效果？我這麼問並非要挑剔文章，只是因我感覺若自己要來寫的話，好像生活中也沒有很多可以寫成故事的題材，所以不知是不是自己應該練習發揮想像故事的能力？

以上，感謝您花時間閱讀。

凌宇

●

請問廖玉蕙老師，對散文故事化、族史化、或偏向一些晦澀的風格，有什麼想法？以文學獎為例，或許是評審的愛好，也許是當代偏好如此。散文小說化的傾向，與散文與小說的分野，渾然不分的風氣。諸些疑惑，請老師斧正與賜答。謝謝。

答凌宇先生及前述不知名的朋友：

虛構與真實的問題常常是讀者的困惑，文學獎中，不時出現顛覆一般分類的得獎作品，這用專業術語來說叫做「出位」。類似的文類混雜現象，已成為現今寫作的常態，虛實相生的情況在所謂的「私小說」裡看得最分明；而你所說的「晦澀」，也許正是作者刻意「陌生化」的結果。

其實，我們不必強行用題材的虛構或真實來區分文類。即使以「我」來寫作的內容也未必絕對得求真。創作者之所以虛構出「我」，有時並非僅為了戲劇效果，大多時候，裡頭往往埋藏更複雜的寫作技法、行文習慣或情感因素，你若繼續耐心讀下去，便會了然其中的奧妙。

文學當然需要想像力，但如果你認真生活，時而抬頭看看天，偶而轉首想想人，會發現文學題材就在抬頭、轉首間。虛構也罷，真實也好，只要所使用的形式能將想表達的內容承載自如，或讓人閱讀過後，得到共鳴、啟發或提升，我以為，這便是好的文學。至於它屬小說或散文，已無關閎旨了。

不過，話說回來，寫作跟許多行業其實同樣現實，名家不管寫出晦澀或平實作品，都自有評論者幫著找到堂皇的文學術語來詮解——或實驗性強、或反璞歸真。一流的作者一定是行在理論前方，所以，寫作者先得自立自強，努力走出屬於自己的路。君不見文學史上，不合格律的曲文可昂首抗辯：「不妨拗折天下人嗓子」；寫得通俗淺淡，也有人幫腔：旨在「老嫗能解」！

•

廖老師：

據說傷害張愛玲最深的人不是胡蘭成，而是她的母親；從妳的文章中，我也感受到妳和母親之間的深谷幽壑。和妳們一樣，我的母親也傷我甚深，年幼時我以為母親的多疑善變是基於她自小喪母又歷經流離之苦所致，所以對她因心疼而百依百順；及長，唯一的弟弟在她的寵溺之下，價值觀混淆不清，造成我們手足之間的嚴重疏離。

為了撫平內心的委屈和不滿，近年來我研讀佛經，漸漸走出心裡的陰霾。請問您，血源是切割不斷的關係，也是無法選擇的宿命，在自我修復的過程中，您除了用文字療癒傷痛，是否也曾求助宗教？在放開和放下的路上，要如何尋找出口？

麗　莎

答麗莎女士：

小時候，我老為細事挨打，莫名感受無依無靠；我不知道有恨，只覺自己可憐！人際疙疙瘩瘩，小小年紀無端興起「黃泉無客店，今夜宿誰家」的淒惶！幸而，接觸了文學，我拾起筆，回顧過往，整理爬梳，身心慢慢得到安頓，才放下執念，找到出口，開始學會憐惜。

母親十四歲結婚，十五歲為人母，隨即一肩扛起大家庭的所有生計。我老想起當她背著孩子勤做家事的年紀，我卻還成天在學校裡為著芝麻小事哭哭啼啼，難怪她要恨鐵不成鋼。而女孩還沒升格女人先就當了媽的她，大半輩子的人生都為著九個孩子操心、操勞。當我略有能力時，便偷偷立誓一定要讓母親在有生之年得到女兒最貼心的回報，以彌補她雖曾年少卻從未嚐過輕狂滋味的遺憾。而一直到母親仙逝已然三年的今天，我猶然自責做得不夠好。

雖然我亦知宗教常具驚人療效，也深深為你找到療癒良方而慶幸，但我沒有求助宗教，我選擇向文字靠攏。

●

吾是聯副的長期讀者，也去過忠孝東路辦公大樓聽廖玉蕙老師的演講，二〇〇三年三月二日星期日文化版，名作家白先勇為大排長龍的讀者簽名，記者陳再興拍攝到一張美美的「經典」畫面，慕名而來的清秀佳人，是否就是您和蔡先生的掌上明珠？

答無名氏：

我日子過得糊塗，很多大、小事都記憶模糊，所以對女兒曾經有過這樣一張照片與否，腦袋裡毫無存檔；但我又生性精明，看文章知道挑關鍵字。你這幾句話的關鍵字，依我的領略是：「美美的」「清秀佳人」和「您的掌上明珠」，串連起來也真是所有母親最願意聽到的讚美，我樂意照單全收，全然不去深究其確然與否。

•

老師，您好：

您在許多作品中描寫的編輯生活令我十分嚮往，請問：

1. 成為好編輯的必備條件是什麼？
2. 對於想要擔任編輯的年輕人有什麼話要說？

平凡的文學愛好者

答文學愛好者：

我對年輕時被網羅進編輯圈，至今仍心懷感激，它堪稱是我前進文壇的跳板，在跳板上，我看遍了各種跳水姿態，知道優美的彈跳俯衝需要經歷多少的訓練才不會在水面上激起過多的水花。我在那兒觀察、暖身，和作家聯繫，讀了許多美好及不甚美好的作品。忽然，在某一天不自覺也縱身一跳——寫了起來。

至於當編輯的條件跟所有行業一樣，都需熱愛所從事的工作，除了當它是生活之資的來源外，且努力從中取得讓生活更加美好的所有營養，並由此感受到快樂。常常有人戲稱編輯是「為她人做嫁衣裳」！嫁衣裳可非比尋常，得縫製裁剪得當，才能把新嫁娘妝點得細緻可人。常常，嫁衣裳做久了，免不了萌生當新娘的渴望，君不見台灣報章雜誌的編輯多是允文允武之士，本身幾乎個個都是優秀的寫手。嚴格說來，那可不是一個易闖的叢林，你的先備知識必須豐富，能識別文學的真善美，還要有良好的應對進退，當然裁剪衣服時的細心、耐力就更不在話下了！

●

廖老師好：

我曾看過廖老師的作品〈諸葛亮的同學〉，感觸良多。請問世間真有如此好的先生嗎?請問這種先生的星座是什麼?請問廖老師對婚姻的看法是什麼?

趙乙橙

答乙橙先生：

寫作可以看出生活方式的揀選，樂觀的人，回想起的多半是歡樂，悲觀的人卻一逕記憶著殘缺。因為喜歡自在度日，所以，寫作題材一逕歡喜，那是我的生活哲學。

世間好男人跟好女人一樣多，你看到的諸葛亮的同學到處都有，星座不定，端賴你是不是獨具慧眼，能忽略瑣碎、無聊及陰鬱，常常設法看到燦爛的陽光。至於對婚姻的看法，我沒有撇步，只確知老花眼幫了我很大的忙！我成天忙著找眼鏡，根本來不及掛上它，所以，從來看不清另一半的臉上是否已然長了黑癍。

●

廖教授：

妳的文章寫得極好，凡在聯副發表的，我都仔細欣賞過，相當欽佩。

我有一個問題：現在很多大學畢業生，不但不能寫出好的文章，甚至寫一封信也白字連篇。原因何在？請見示。

台中　孫天行

答天行先生：

白字連篇的問題確實嚴重，這跟教育當局的不在意，及學習分散有很大關聯。考試裡，錯字連篇的作文依然可以得滿級分；很多考生連不會寫的字都不肯用腦筋想想替換字，而隨意用注音取代，甚或乾脆任其空白，就因為規定只是「酌予扣分」，閱卷老師常常沒有當真。在這種情況下，錯別字成為常態也就不足為奇。

至於不能寫出好文章的問題，我倒是不敢驟下定論。我們常常以五十歲的成熟去取笑十八歲的天真、遺忘了我們也曾少不更事。你能肯定我們當年的文章就寫得比現在的學生好嗎？我在課堂上時常為學生的表現驚豔！他們的創意十足，活潑生猛，勇於表達，這在在都比我強。其實，在我們那個年代也不乏辭不達意的文章，也許因為年深月久，都被歲月給美化了亦未可知啊！

•

廖教授您好：

八月二十五日於《聯合報》A4版拜讀大作〈喧賓奪主的錯別字〉一文，除了引發共鳴外，感觸尤深，對時下連政府、學校、社團……等舉辦活動，也都「順應時代潮流」猛搞所謂「創意」，例如日本人最愛使用的「××祭」，我們也模仿著用，動不動都用「祭」，「周年紀念」與「週年紀念」不分，大剌剌的掛在政府機關禮堂上，甚至大投年輕人之口味跟著「夯」來「夯」去的，真不知十幾二十年後的人如何看懂此時的文章、標語、活動名稱等等？

在下建議由廖教授帶頭推動我國第二次文藝復興運動，喚醒傳統文化精神，注入文藝革新生命，有您登高一呼，應可帶動風潮，避免我國博大精深的文化繼續受到以邪代正的錯別字日漸侵蝕。

花蓮　陳豐淵

答豐淵先生：

你真是個憂國憂民的熱血漢子！我一向笑稱自己長於「應召」，拙於領導，哪有能耐擔當文藝復興的重責大任！不過，話說回來，一項風潮的造成，通常是經年累月的堆積，要扭轉以訛亂真的錯別字現象，恐怕也不是一蹴可幾的。幸而已有許多像您一樣的有識之士憂心地登高呼籲，看來社會已經普遍有所警覺，只盼為人師者，能不辭辛勞，勤加導正；掌握決策的官員能做出正確的決策，設法杜絕歪風，讓文字回歸正道。如此上下一心，我就不信喚它不回！

——原載二〇一〇年十月十七日《聯合報》副刊

廖玉蕙作品集 08

後來

著者　廖玉蕙
繪圖者　蔡全茂
責任編輯　鍾欣純
發行人　蔡文甫
出版發行　九歌出版社有限公司
臺北市105八德路3段12巷57弄40號
電話／02-25776564・傳真／02-25789205
郵政劃撥／0112295-1
九歌文學網　www.chiuko.com.tw
印刷　晨捷印製股份有限公司
法律顧問　龍躍天律師・蕭雄淋律師・董安丹律師
初版　2011年 3 月
初版 7 印　2017年10月
定價　300元

書號　0110708
ISBN　978-957-444-745-9
（缺頁、破損或裝訂錯誤，請寄回本公司更換）

國家圖書館出版品預行編目資料

後來 / 廖玉蕙著. – ；初版. -- 臺北市：九歌, 2011.03

面；　公分. -- (廖玉蕙作品集 ; 08)

ISBN 978-957-444-745-9(平裝)

855　　99023854